二人生活

櫻木紫乃 著

劉子倩 譯

目次

推薦文

他們通過時間，實現了愛

文◎陳雪

客廳木質餐桌，黃色吊燈下，我與阿早並肩而坐，阿早在幫我看小說校對稿，我在她旁邊看書，她看到稿子有問題，轉頭就能問我，可以立刻修改。貓在臥房的小窩裡安靜地睡著，週一的下午，連續下了幾天的雨，終於放晴了。

屋裡安安靜靜，只有翻動書頁的聲音，鉛筆在紙上沙沙寫字的聲響，以及我們偶而零星的交談。

阿早在讀我剛完成的長篇小說，她總是我的第一個讀者，而我正在讀的是我一直很喜歡的日本作家櫻木紫乃的作品《二人生活》。我非常喜歡她的《冰平線》與《皇家賓館》，這次的《二人生活》我同樣很喜歡。

書中以極為平淡，不帶戲劇性的口吻淡淡描述著信好與紗弓這對年輕夫妻的生活，我讀到開頭二十二頁裡這段描寫：「喝著窮人該喝的發泡酒，惦記著窮人應有的分寸確認豆腐的價錢，用最少的錢買回妻子委託的食材，這是信好被分派的家事之一。」

我不禁想起我與阿早結婚第二年，那時我們經濟都不寬裕，我每週會搭車從中和到合江街她租的小套房與她同住幾天，假日傍晚我們會一起去買菜，公園旁邊有個小青菜鋪，店鋪小小的，各種蔬菜水果整齊擺好，品項滿好，價錢總是特別便宜。我們還會在一旁的超市買肉，買麵包跟雞蛋，在窘迫的生活裡我依然堅持要吃土雞蛋，曾經著迷過一種大顆又好吃的雞蛋，一盒要一百二十元，當時對我來說，節省其他生活開銷，而堅持要吃一顆動輒十幾元的土雞蛋，好像是一種奢侈的堅持。阿早把狹小的租屋裡擺設整理得非常雅緻，便宜的食材在她手中也能變化成豐富美味的料理，當時我們在那個小屋子裡的生活是美好的，可是為了金錢或種種現實上的考量，生活也是緊迫的，我們幾乎過著像學生的生活，阿早做飯，或者到外頭小店吃外食，偶而在巷弄裡發現一家便宜好吃的食堂，兩個人就好開心。

我翻讀著櫻木紫乃的新書，幾乎每隔幾頁就會讓我想起過去的自己，信好與紗弓第一次認識就是在超市門口，當時紗弓正在「放生蟋蟀」，「如果放任不管八成會被踩死的小蟲子，以及可能因為踩死蟲子導致心靈蒙上一層陰影的人，信好認為紗弓這種能夠同時為雙方著想的心性讓他覺到異常得可愛。或許也是因為這樣的心性，所以紗弓可以接受信好長期沒有正職，經濟靠自己養活。」

「連小孩都不敢生的日子似乎沒有盡頭，讓她有點不安，十月四日就要滿三十六歲了。她朝徹底變黑的夜色踏出一步。」「信好準備的晚餐就是對自己優點的肯定。兩人共享的溫馨晚餐，暫時掩蓋了雖在眼前卻因為距離過近反而看不見的生活問題。」看似平淡卻把生活得無奈與困惑完全揭露的描述俯拾皆是，櫻木紫乃這位小說家，擅長用生活裡非常小的片段，令人看到生命的真相。最動人的不是那些驚心動魄的場面，而是一些細微的，比如半價的肉品，比如當母親說起丈夫「不就是吃軟飯的嗎？」，她寫著「僅憑著誠實的矛頭，人可以變得無限殘酷。」「那或許比心裡想著卻不說好一點吧，心裡想著卻不說出口，大概，是憐憫。」

「同樣是平靜的生活，冷了就在一個被窩取暖，不時主動擁抱或被抱，偶而偷偷哭泣，驀然回神已過多年。」「她也知道，無論是連續劇腳本，電影劇本，或者報名任何文學獎，一律都揮棒落空。丈夫此刻在漫長的隧道中，等到稍微看見出口時必然會帶來好風景，如此毫無根據地確信的妻子就是自己。」這兩段文字看得我心有戚戚。

剛與阿早重逢時，我身體不好，工作全面停擺，那時我幾乎以為自己就此無法再寫作，無法想像接下來的生活會變得如何，我想，那時她也是帶著一種毫無道理的確信，無條件地相信我，支持著我。

年輕時的我，總以為自己會孤獨終老，我三十歲出頭就給自己買了一個小套房，宣示獨居的決心。小套房位於一個高樓，有一片大大的窗景，木頭地板，系統家具，有兩張書桌。靠窗的那張桌，是專給戀人用的，多年來我的戀人換了又換，好像無論是換了誰，生活都是一樣的，戀人在假日造訪我的住處，我們共度短暫假期，有的戀人會做飯，小小流理台用黑晶爐炒菜煮麵，我得趕緊把門窗都打開，以免油煙瀰漫屋中。

不管是什麼食物，我總是胃口很好，有的戀人專做中餐，曾經在我的套房做過紅燒肉、排骨湯、茄子拌麵。有的戀人不擅廚藝，但也還能做點番茄義大利麵。也有只會煮水餃的戀人，黃昏市場買的水餃，配上調理包酸辣湯，也是一餐。人家做什麼料理我就吃什麼，我對生活全無主張，好像只要能吃飽睡好即可，有人做飯給我吃，總比一個人吃自助餐好。可是不管誰來看我，只要屋裡有人醒著，我就睡不著，只要有人在一旁走動，我就不能專心寫作，戀人來訪的日子，讓我孤絕的生活彷彿有了一點溫暖，但我很快就會期待戀人離開的時刻，迫不急待想要獨處，想要讀書寫作，好像只要有人在我身旁，我就會成另一個不像我自己的人。我一直以為是因為我沒找到合適的人，我也深信這世上沒有那樣的人了，我就任戀愛像花開花落，自然消長，有人來了，有人走了，我總會回到一個人的生活，幸好，小套房在我名下，無論跟誰分手，我還可以回去高樓的套房住。我簡直變得像長髮公主一樣，孤獨地在一個高塔裡等待救援，但無論誰來帶我走，最後我總是又回到那個套房去。

與阿早結婚後，我們花了好長的時間磨合。兩個喜歡獨處的人，兩個性格嗜好習性截然不同的人被放到了一個屋子裡，剛開始親密的時候，我感到焦慮痛苦，我全然不知道長時間與另一個人共處，自己該如何言語如何行事，她的存在讓我意識到我是那麼不安，我是個那麼奇怪的人。絕望的時候，我恐慌發作，好像全世界每個地方都對我有害，我在那兒都不能安生，我曾經又跑回我的套房住，堅持要各居一處，維持有距離的生活，阿早曾悲傷地問我，「難道妳要永遠住在妳的套房裡？」那時我以為套房是我可以擁有的最好的生活，那裡就像一個放大的書房，我只要可以寫作，就能夠生活。

我們分居了快一年，我在兩個套房間來回穿梭，阿早住的套房有個小廚房，只有一口爐，一個小小的流理台，我去的時候，阿早那時上全天班，中午上班前，她會作一頓早午餐，我們一起吃，夜裡她下班都已經很晚了，我們很珍惜早餐的時光，就是這樣，她才有了早餐人的稱號。

當時阿早住的就是合江街的小套房。

位於二樓，採光並不好，但有一個小廚房，以及長長的後陽台，陽台外有許多高高的樹，那個小房子有近一年的時間，成為了我們的避風港。

我每週帶著小說檔案來回在她家與我家之間，慢慢地，我又興起了想要一起生活的念頭，上回同居，弄得人仰馬翻，三個月內搬了兩次家，連搬家公司都感到頭疼，「妳真的確定要住在一起？」阿早問我，我點點頭，房子我都找好了，我想，再搬回我熟悉的區域，可能我就會適應了，那時我把小套房出租，租了一個位於三樓的電梯公寓，有三個陽台，明亮通風，「我覺得這次行得通。」我說，其實我不管怎麼決定，阿早總是支持我。

我終於走出了高塔，離開了那個套房，真正實現了與阿早一起生活的願望。

愛到底是什麼？愛情落實在生活裡，會變成什麼？兩個人在一起，除了戀愛，還可以一起創造出什麼？戀人或夫妻如何通過生命與生活的各種考驗，如何度過漫長人生裡種種起伏變化？櫻木紫乃的《二人生活》以極為細膩的文字，描繪紗弓與信好這對夫妻，他們與父母、朋友、昔日戀人等的互動，展現了人與人之間幽微、複雜、難以言喻。人生不是戲劇，真正驚險的不是波滔起伏，而是漫漫長流裡，時時刻刻都可能遭遇的變化。

我非常喜歡在書的後段的一段話，「他又想起放生蟋蟀的女人那潔白的指尖。有紗弓在身旁時，自己好像就可以不用面對真正的悲傷。只要二人在一起，即使母親的死也能成為流逝的風景。」「相識至今，信好永遠是紗弓的答案。不就是因為一個人無法順利走下去，所以才變成二個人嗎？」

通過時間，他們實現了愛。

（本文作者為小說家，著有《無父之城》、《摩天大樓》、《迷宮中的戀人》、《附魔者》、《橋上的孩子》等；並著散文有《戀愛課》、《不是所有親密關係都叫做愛情》等）

蟋蟀

一走進冷氣十足的車廂，信好頓時額頭噴汗。

母親阿照毫不猶豫地直奔博愛座。時間接近正午，開往札幌的快速電車瀰漫從季節解放的悠閒。

阿照在一排三座的博愛座邊上坐下後，朝信好招手。扶手和座椅顏色區分了博愛座和普通座。信好在兩側空位很多的車廂內與母親並肩坐下後，感到輕微的後悔。

古稀的母親與不惑之年的兒子。

因為不想丟臉，乾脆先招認自己一身毛病。今早紗弓講的這句話，留下一道細小的刮痕。

——我在醫院也常見到這樣的老先生老太太喔。你要對她好一點。

實際上，對於母親的牛心古怪，她還不如直接諷刺一句算了。身為內科門診護理師的妻子，無論阿照找兒子的理由和居心，乃至信好無法推拒的內心想法，似乎都已全然識破。

每到星期天晚上，阿照必定會打電話來。主旨總是「我膝蓋痛，你帶我去醫院好不好」或者「我腰痛得無法下廚」。母親堅稱附近的醫院不行，非要大老遠去札幌，因此信好每週一都得往返札幌與江別之間兩趟。雖然搭車單程不到半小時，但是從老家走到車站的這十分鐘路程，和母親獨處顯得格外漫長。

母子倆每星期都會在札幌車站鄰接的百貨公司吃蕎麥麵，然後一起去骨科。等到看完病開完藥時通常已是傍晚。雖然病情並沒有母親自己在電話中講得那麼嚴重，這樣卻已持續半年了。醫生每次都只開止痛藥和維他命。紗弓建議母親做一次詳細的內科檢查，但他這麼轉述後，母親就會面露抗拒。

打從信好小時候起，母親經常因為一句無心之言搞砸人際關係。丈夫死後這十年來，她孑然一身。沒有親密來往的朋友，獨生子又是被時代淘汰的電影放映技師，幾乎賺不到半毛錢。

信好除了市內及鄰近村鎮辦活動或放映老電影時會去打零工，平日就只有每週一兩次在非營利組織經營，以本地為舞台的電影資料館「北方電影館」坐櫃檯當接待。即便是名冊上登記有案的保存傳統放映技術的講師，即便努力寫劇本，他依然找不到工作。

區隔博愛座和普通座的扶手欄杆和冷氣，讓他得以不用直接感受母親的體溫，這大概算是今天第一樁「好事」。

他看著車廂地板形成的方塊陽光等待發車。這時四個穿便服的高中生衝進車廂。

「吵死了。」

阿照一如往常隨口說出的抱怨，意外響徹車廂內。瘦得像豆芽菜的四個男女一齊轉頭朝這邊看。

電車啟動，即使過了兩站後，年輕人的視線還是令他如坐針氈。這種時候信好唯一能做的，就是徹底扮演和阿照無關的路人甲。

每當充滿憤怒的視線集中在母親身上時，他就假裝是陌生人。在電車上比鄰而坐時固然如此，在蕎麥麵店時他也會假裝只是倒楣「拼桌」的客人。問題不在於別人怎麼看。一步也不動就能逃離尷尬處境才是重點。阿照似乎壓根沒發現別人的那種注視或兒子的內心想法。

車窗外，是等距離種植的防風林。彷彿被迫窺見自己的感情。電車每天載運乘客，窗外流逝的風景，皆如永不中止的電影膠捲。

這半年來，信好的星期一不分晴雨都耗在阿照身上。母親相信自己提出的要求是生了兒子的女人應有的權利，甚至似乎從不懷疑。當窗外的防風林消失，出現幾乎壓扁地面一切的大片天空後，信好總在想同一件事。

即使此刻母親死了，自己大概也無動於衷吧——每一次，每一週，同樣的想法總會湧現。這個想法初次在腦中化為清晰的文字時，他在一瞬間不知所措，但第二次起就習慣了。

「總比白髮人送黑髮人好吧」的念頭，逐漸轉換為「還是不要過度誇大悲傷比較好」。

他渴望相信自己的週一是一種甚至值得妻子安慰的犧牲奉獻——儘管母親沒

有任何朋友，儘管無人誇獎自己的孝行。

電車從札幌的前一站駛出後，阿照說：

「每次都去同一家麵店，今天不如改吃鰻魚吧。」

「我可沒錢吃鰻魚喔。」

他已經很擅長降低自尊心的標準，甚至不管對母親或妻子都能大方說出「我沒錢」。

電影放映技師這種工作，是在不使用底片放映機的數位放映機人氣高漲，街頭電影院被預言將會逐漸消失的情況下選擇的工作，所以照理說打從一開始就知道這份工作做不久。他一邊在電影院打工一邊拖拖拉拉地念了六年大學。即使打工變成正職後，依然阮囊羞澀。能夠每天看電影的工作應該還有別的，但他從未積極思考過會是什麼工作。

「正要去吃美食的時候，別提錢這種掃興的話題好嗎。」

阿照語帶不悅說。信好這才察覺，最近母親的嗓門特別大原來是因為重聽。

不管在月台或電車、醫院、餐飲店，每次阿照一開口總有人行注目禮。她似乎是為了聽清楚兒子的聲音，不知不覺越講越大聲。

抵達札幌後，阿照的步伐依然輕快。今天到底是因為哪裡痛要去醫院？是膝蓋還是腰還是背？信好自己都無法區分究竟是昨晚接到的電話還是上週的電話，所以也沒資格說別人。身材矮小如小學生的母親，一走進百貨公司立刻去電梯前排隊。信好假裝偶然在場的陌生人站在阿照旁邊。

午餐時段的美食街，排隊的店和門可羅雀的店各占一半。離每次去的麵店還有好一段距離阿照就停下腳步。她一臉認真地盯著鰻魚店門口裝飾的鰻魚飯樣品。油亮濃郁的甜香雖然刺激食慾，但是一看價錢，食慾頓時萎縮。一人份的價錢就足以吃四份蕎麥涼麵。

「看太久會想吃，還是快走吧。」

他朝母親佝僂的背影發話。聽到兒子這句話，阿照立刻挺起腰桿，掀起門簾。信好慢一步走進店內。或許是因為不算庶民的價格，坐在店內各處的客人非常安靜。有年長者也有兩人結伴的女客，就是看不到類似老母親和兒子這樣的組合。

阿照向來點餐的店員叫了兩份最貴的鰻魚飯套餐。信好努力不露出太驚訝的神色，等店員離開後才小聲問：「怎麼突然想到叫這個？」阿照皺眉把臉轉過來恨不得伸長耳朵。他從對面位子探出上半身越過桌面又問了一次。

「我老早就想吃吃看了。每次經過這家都沒機會吃。」

「這樣啊。」他故作平靜，以簡短言詞結束對話。

對著送來的鰻魚飯，阿照露出前所未見的溫柔神情一口接一口。信好不時偷瞄這樣的母親，同時也不忘吃泡菜喝鰻魚肝湯，用新鮮的味蕾品嘗烤鰻魚。正因為平時窮得吃不起這種東西，感覺加倍好吃。這時候如果再來杯生啤酒，阿照的事和紗弓說過的話乃至日常生活本身，恐怕都會褪色淡去。

還剩最後一口時，他停手了。他怎麼想都想不起來最後一次吃鰻魚是什麼時候。他想等到想起來再吃最後一口，莫名的焦急令他逐漸口乾舌燥。

「真好吃啊。」

他不禁望向如此讚嘆的阿照。記憶的迷霧頓時散去，他想起上次吃鰻魚還是父親頭七那天。伴隨著居然已有十年沒吃過的新鮮驚訝，記憶不斷流入腦中。那是只有母子二人的家祭。沒有親戚往來的一家人，喪禮簡單得幾乎心虛。

在父親過世的那個年代，如此簡單的喪禮還很少見。當時信好的工作也比現在多，剛剛與交往三年的女友分手。比起父親死去的事實，不知今後該拿乖僻又頑固的母親怎麼辦的困惑更強烈。

父親頭七那天，母親沒提今後做法事祭拜的問題就說，「我想吃鰻魚。」他們在一家小巧乾淨的料理店吃了平常吃不起的特級鰻魚飯。彷彿要確認父親已不在，他和阿照默默吃光了鰻魚。或許是想起往事令心情激昂，此刻嚥下最後一口後，他沒說「吃飽了」卻脫口而出：

「上次吃鰻魚還是爸頭七那天。」

見母親又像要伸長耳朵，他一字一字清楚地複述一遍。阿照只說「是這樣嗎」，一臉不可思議。他忽感不安，懷疑自己是否記錯了，但那種不安沒持續幾秒也消失了。母親的記憶和自己的心情，皆如車窗外流逝的風景。孕育綿延不絕的恐懼，永無止境。

他用遠比家中用的更高級的牙籤剔牙，一邊暗自決定不告訴紗弓吃了鰻魚飯。仔細想想他從未和紗弓一起吃過鰻魚。紗弓甚至不知道這是信好愛吃的東西。

喝著窮人該喝的發泡酒[1]，惦記著窮人應有的分寸確認豆腐的價錢，用最少的錢買回妻子委託的食材，這是信好被分派的家事之一。用烤麵包機烤半價促銷的油豆腐皮，再淋點醬油就成了一道菜。紗弓有時會在別的夜間診所兼差。身為男人卻任性選擇自己喜歡的工作，妻子還肯津津有味吃他做的菜，他實在沒臉在這樣的妻子面前理直氣壯喝啤酒。

阿照從皮包拿出錢包站起來。信好也慢吞吞起身。收銀台前，趁著店員還沒來之前他悄悄問：「妳真的要請客？」不知是否沒聽見，阿照沒回答。他斜眼一覷，母親的錢包有兩張萬圓大鈔。錢包鼓鼓的幾乎要撐爆，因為零錢也塞在裡頭。定睛一看，五百圓硬幣疊成一堆讓錢包顯得很厚。就連懶得隨身帶零錢包這點，他都肖似母親。

他悄悄掀起門簾走出店外，立刻去前方的洗手間。比起讓母親請客吃鰻魚，瞞著紗弓這件事才是更重要的課題。

走出洗手間，他在佇立鰻魚店前的母親身旁站定。阿照仰望信好的表情，是前所未見的委屈。看著母親泫然欲泣的臉，不知怎地他又想假裝路人了。

「啊呀太好了。我還以為你跑到哪去了。」

「我不是說過要去洗手間嗎。」

不，自己或許沒說——

「我出了店就發現只剩我一個人了。我還以為終於來臨了。」

「什麼來臨？」

1 發泡酒：類似啤酒，但使用的原料較少，因此味道較淡，也較便宜。

聽到信好這麼問，阿照眼神堅定毫不猶豫地回答：「死後的世界。」看著母親聳肩用力呼吸，他決定這件事也要瞞著紗弓。穿梭走道的人們說話的聲音好像忽然變多了。難道因為母親的耳朵重聽，做兒子的聽力就會變得敏銳嗎？路過的親子和夫妻、姊妹淘的對話一一傳入耳中不想聽都不行。

阿照聳肩用力呼出一口氣，說道：

「我今天不去醫院了。」

「不去了？妳不是說有哪裡痛嗎？那我們到底是來札幌幹嘛的？」

「是膝蓋。吃了鰻魚就不疼了。」

那可真是謝天謝地——他差點脫口而出，慌忙把話吞回肚裡。

雖然講了一兩句帶刺的話，但最後母親沒去醫院就決定回江別。回程順路去家附近的超市採購食材和日用品，也是星期一的例行公事之一。

到了超市，阿照讓信好拎購物籃，自己不斷把貼有「半價」標籤的食品放進籃子。明知保存期限不到一星期，但大概是看到半價標籤太開心，甚至沒有抱怨。半價自有半價的理由，阿照卻可以視而不見。她打從以前就認定按照原價買東西會吃虧，這種想法不可能輕易改變。

剛結婚時，陪阿照買菜的紗弓說，「如果媽您一個人吃，還是買新鮮的更划算喔。」結果惹得阿照很不高興。

——若是現在，妻子想必就知道那是多管閒事。

因為妻子反而主動道歉，信好失去替母親向妻子道歉的機會。

信好多次看到東西塞在冰箱都壞了也不捨得扔。腐敗的食材不知幾時轉移到冷凍庫，在冬天自然而然消失。的確，若是外面冰天雪地的時期，臭味也沒那麼嚴重了。

把採購的大量食材都放進冰箱後，已過下午四點。如果去了醫院，回家大概都要八點多了。今天不僅吃了鰻魚而且不用去醫院，真是好日子。他懷著很想拍手慶賀的心情，對著坐在電視機前把音量調得很大的阿照背影說：

「那我要回去了。」

母親似乎沒聽見。信好走到母親背後，再次出聲：

「媽，我說，我要回去了。」

霎時嚇得跳起來的阿照眼神畏怯地問：

「你怎麼會在這裡？」

「我還想問妳為什麼咧。」

他說著略顯粗魯地從母親手裡搶過遙控器關掉電視。母親的神情太驚愕，令他惱火。

「今早不是妳叫我來家裡帶妳去札幌的醫院看病嗎？去了札幌，妳又說膝蓋不疼了，結果沒去醫院就回來，在超市買完菜，我才剛把買的菜都放進冰箱。」

他只略過母親請吃鰻魚飯那段沒說。驀然間，他想起站在鰻魚店前說「以為是死後的世界」的阿照。不得不說終於來臨了的人應該是信好。母親開始出現失智的症狀了。她的心靈有個不可思議的開關，時開時關。

這一天終於來臨了——。

該怎麼向紗弓報告呢？信好首先思考的，是如何向妻子辯解。光是養活老公一人想必就已負擔不小。不可能連痴呆的婆婆都讓她照顧。說是客氣還算好聽，這分明就是死要面子。自己其實只是不想讓老婆掌握更多把柄。

「媽，妳怎麼了？」他溫聲詢問。

「沒怎麼呀。我看著電視，就把你給忘了。不好意思喔。」

阿照的視線游移，看著已經一個月沒翻頁的日曆說，「已經這麼晚了啊。」不知道是認真的還是開玩笑，她的神情正經得難以判斷。

「我要走了喔。」

他按捺很想說「以後都不會來了」的衝動。如果真的做得到，想必早就從「社會價值觀」的束縛解脫了。

現在如果搭乘快速電車，還來得及在紗弓回家前做晚飯。鰻魚的事可以就此抵消。

阿照態度驚人地和顏悅色說：

「別這麼說嘛，再多坐一會。請坐請坐，這邊請。」

好像又打開了另一個開關。鋪了幾十年的地毯，毛都磨平了，到處還留有父親掉落的香菸燒焦的痕跡。暖桌的蓋被不知哪去了，這幾年冬天好像都沒出現過。他戰戰兢兢在傾軋作響的地板坐下。阿照繼續微笑。

「對了，我一直想問你，當初你們夫妻相識的起因。」

「起因……嗎？」

對了——阿照好像提過，與父親相識的年輕時代本來在和服店工作。精神狀態不知是否正常的母親，或許是因為屋內昏暗，兩眼閃閃發亮看似格外年輕。對她來說，此刻，這裡或許就是和服店的店頭。

「我第一次見到我老婆，是在超市門口。」

「哎喲，在超市？」

阿照誇張地表現驚訝，摀嘴笑了。

對於自己居然能無縫接軌地進入母親的世界，老實說自己也很驚訝。這段對話簡直像劇本台詞。如果拍成電影，說不定會是個意外精彩的故事。

「我去附近超市時，看到一個女的蹲在門口抓蟲子，然後一隻一隻扔進灌木叢中。我旁觀了一會，等她起身時就問她在做什麼。」

「那應該很需要勇氣吧。」

阿照感嘆地說著，大大點頭。這就是遠在信好出生前，尚未與父親相識前，還在上班的那個少女阿照嗎？

「對，我也很驚訝我居然敢開口搭訕。」

今天當然犯不著特地把他與紗弓的相識經過告訴老年痴呆的母親。不過，第一次愛上「純真女孩」的這天，對信好而言是為數不多的閃亮記憶。只要這樣用明確的言詞嘲笑得到避難場所的自己，便可保持心態平衡。

「結果她回我一句『在放生蟋蟀』。她說因為被踩的蟋蟀和踩到蟋蟀的人想必都不願那樣。那句話，讓我忽然覺得她是個好女孩。」

如果放任不管八成會被踩死的一隻小蟲子，以及可能因為踩死蟲子導致心靈蒙上一層陰影的人——女孩能夠同時為雙方著想的心性讓他感到異常可愛。當時紗弓把能抓到的蟋蟀全扔進灌木叢中，說聲「這樣就行了」站起來。信好想起那一刻，當他咕噥「妳是個好人」時，紗弓那雙瞇起仰望他的晶亮眼眸。

「啊——蟋蟀啊。那可真是一則佳話。」

「從此我們就開始交往，現在靠她養活。」

他是真心感到難為情，連自己都開始覺得有點肉麻。他忽感不安，怕自己會不會就此無法逃離母親的那個世界。阿照說聲「哎喲」皺起眉頭。在這種時候能夠毫不顧忌地問出「你現在沒有工作嗎」這種話的個性，似乎打從她年輕時就沒變過。一個說話不經大腦的服務人員，雇主八成也受不了。他甚至可以想見顧客憤慨的神情。

「其實我是電影放映技師。」

下意識脫口而出的職業，不是編劇也不是影評人。至少迴避了自己撰寫一毛錢也拿不到的劇本還當成職業的愚蠢。就算拿得出手的頭銜只有前電影放映技師，他還是想盡可能不去正視那麼窩囊的自己。

「我是希望有一天能夠賺錢養活老婆啦。」

「是啊，那樣的話，我這個做母親的也會很欣慰。」

阿照用充滿慈悲的眼神說。

不知母親現在是在哪個年齡的哪個時期讓他很心慌。不只是年齡，地點和意識似乎也不固定，在時空中四處穿梭縱橫。見他發呆，本來堆出殷勤笑容的阿照忽然一本正經說：

「你快回去吧。替我向紗弓問好。」

她又變回那個不客氣的老媽。從她關掉遙控器電源的側臉，看不出她是否還記得之前的對話。信好對著驟然拉下的舞台布幕嘀咕著「搞什麼啊」一邊站起來。

「那我走了。冰箱的東西，別又放到酸臭。」

「我知道啦。」

雖然不太相信母親這句話，他還是離開散發霉味的老家。沿著已過黃昏的街頭朝鐵軌走去。在路燈下看手錶。這個時間電車差不多要開始人擠人了。牛仔褲口袋的手機在震動。是紗弓傳來的訊息。

「媽的身體怎麼樣？我六點回家。今天我做飯。吃中式涼麵好嗎？」

他決定隱瞞鰻魚飯和阿照今天的言行。

回到公寓，他在鞋櫃上發現寄給自己的信。寄件人是札幌的出版社。那是他撰文評論電影導演的投稿對象之一。就放在一進玄關立刻看得見的地方。郵件通常直接扔在玄關門口，所以這表示紗弓也知道有這封信寄來。他拿不定主意是否該立刻拆閱，萬一正在看信時她從屋內出來，那就尷尬了。他把信對折塞進牛仔褲口袋。

「你回來了。」

紗弓從客廳門口探出頭。大概剛沖過澡，及肩的頭髮是濕的。脂粉未施的臉，看起來比三十五歲略顯年輕。她說相較於在醫院病房部天天值夜班的日子，現在在私人診所上班對身體健康多了。紗弓的視線從鞋櫃移向信好。關於消失的信封，她未置一詞。

「我也來幫忙做涼麵吧？」

「只要再煮個麵條就行了。配料都已經切好了。倒是你媽，情況怎麼樣？」

語尾上揚的聲調完全感覺不出嘲諷。烤鰻魚的味道又像譴責似的回到信好的舌尖。

「和平時一樣。老樣子。」

「這次是腰痛還是膝蓋痛來著？」

率直詢問的妻子，手裡拿著裝了水的大鍋。「腰痛吧。」他含糊回答。「我有點不放心耶。」妻子說。

「不放心什麼？」

「雖然說想必是因為骨頭磨損或走路姿勢造成負擔，有種種原因，但腰部往往也牽涉到內臟，所以我還是希望她去內科看看。不是去我們醫院也沒關係。」

「知道了，我會告訴她。」

故作平靜繼續對話也漸漸讓他感到痛苦。他無法不在意牛仔褲口袋。這家出版社，他在半年內寄了三篇稿子。這是第一次收到回信，但他不覺得會是好消息。明明不敢拆信卻又抱著一絲期待的自己，讓他很鬱悶。

哪怕只是片刻也好，他渴望逃離紗弓的視線。阿照的話題令他很不自在。一個無法賺錢養家的丈夫如果還附贈失智的婆婆，就算是再怎麼寬容大度的女人也受不了吧。當初不顧父母反對登記結婚，導致雖然同住市內，紗弓卻很少回娘家。不知是憐憫妻子，還是憐憫自己，信好甚至難以讓心情平靜。

被紗弓的母親當面要求乾脆繼續保持同居關係就好，令他還不及困惑就先嘗到難以言喻的挫敗感，但在紗弓父親的緩頰下，紗弓的母親終究拗不過她的倔強。那時候，誰也沒料到他會失業這麼久。

當時也可以和家裡斷絕往來逕自成婚。但信好想成全紗弓渴望按部就班來的心願，自己多少也有幾分倔強。

——我不要求你父母正式來下聘。但你至少也該先找份穩定的工作吧？

單純去拜訪的那天，紗弓母親這麼說著，咄咄逼問信好。

雖說早有預料，但聽到這種話無論過多少年還是會心寒。電影放映技師長年不被視為穩定的職業。現在的信好，就是因為堅持挑選職場才會失業。

欣然吃光阿照請客的鰻魚一事，成了今日的重擔，沉甸甸壓在心頭。

朝電視附近一看，放著錄影帶出租店的袋子。他想起昔日利用豐富的電影話題，溫水煮青蛙地套住這個不忍蟋蟀被踩死逐一放生的善良女子。

「妳租了片子？」

「對對對，下班回來順路去逛了一下。」

他拿起袋子，看袋中的ＤＶＤ片名。是《親密關係》、《遮蔽的天空》、《關於黛博拉·溫姬》[2]這三部。

「這些片子也太冷門了吧。」

「都放在同一區喔。我記得你以前不是說過很喜歡那個女演員嗎？」

那是他還能自稱電影放映師的時代。總是聊著電影就忘了時間，紗弓也聽得很開心。因為沒錢，彼此很快就開始去對方的住處，其中沒有客套也沒有心機算計。雖覺得那樣也很好，但對男女關係而言好像省略了某個重要過程，的確也留下一點遺憾。

「要從哪一部開始看？」紗弓問。信好猶豫了一下，選擇《遮蔽的天空》。能夠迴避「母親」和「毅然引退」這種主題的，只有沙漠風景和男女的倦怠。

水馬上就要燒開了，他急忙去洗手間。在廁所拆信逐字閱讀。信紙上寫著雖然客氣卻很明確的拒絕。

——上次和上上次寄來的作品皆已拜讀。再次感到評論在世的電影導演之困難，但您的熱誠令人佩服。不過，這次非常遺憾，敝社評估後恕難刊登您的稿件。衷心期盼您今後在文壇大展鴻圖。如果希望寄還原稿，請別客氣儘管通知。

他忽然感到窒息。廁所的牆壁好像從四面八方朝自己壓迫，他慌忙沖水。把信紙塞回信封，又放回口袋。寄件人顯然知道信好寄去的稿子是其中一份影印稿。就是因為看穿他把同一份稿子四處投遞，貪心又小家子氣的亂槍打鳥心態，所以才會特別在信上附帶一句想要寄還原稿請儘管通知。

他挺起幾乎垮下的背部，回到客廳。

廚房那邊，紗弓正用冷水沖洗煮好的麵條。信好小心翼翼不打擾她，從餐具櫃取出兩個大盤子並排放在狹小的調理台上。俐落瀝乾水分，把麵條分裝到盤中。信好的那盤麵條每次都會多裝一點。放上切絲的小黃瓜、火腿、煎蛋皮，紗

---

2 三部片的女主角皆為黛博拉・溫姬。《親密關係》（*Terms of Endearment*），為美國導演詹姆斯・L・布魯克斯於一九八三年發行的劇情片，榮獲五項奧斯卡金像獎，改編自賴瑞・麥可莫特瑞的同名小說，故事描述一對母女之間複雜糾結的關係。《遮蔽的天空》（*The Sheltering Sky*），義大利導演貝納多・貝托魯奇於一九九〇年執導的劇情片，改編自保羅・鮑爾斯的同名小說，故事講述一對結縭十年的夫妻，遇到婚姻瓶頸，希望藉由旅行重拾對感情的熱情；《關於黛博拉・溫姬》（*Searching for Debra Winger*），為美國演員羅珊娜・艾奎特於二〇〇〇年執導的紀錄片。

弓忽然「啊」了一聲停下手。

「你今天中午該不會也是吃麵？」

「沒，今天吃滑蛋雞肉飯。」

「啊——那就好。」

情急之下撒的謊，恐怕會不斷露出破綻。他急忙把ＤＶＤ塞進放映機，按下播放鍵。聽慣的電影配樂和紅色沙漠的風景在螢幕出現。把盤子放到桌上後，紗弓從冰箱取來兩罐發泡酒。

「還是芝麻醬最美味，對吧。」

吃完時，桌上又各自多了一罐發泡酒。他一邊暗忖一天兩罐太奢侈了，一邊嗅聞坐在身旁的紗弓剛洗過的頭髮香氣。

「我明天休假。」

聽到妻子如此簡短告知，他用左臂摟住妻子的頭，思忖還剩幾個保險套，一邊把妻子擁入懷中。

接下來那週的週日沒接到阿照的電話令紗弓耿耿於懷，但信好繼續裝糊塗。如果母親能夠就此永遠不再連絡，老實說他感激不盡。他希望真的是因為鰻魚治好了腰痠背痛，也確信母親果真是在裝病。或許耳朵是真的重聽了，但若想假裝失智來博取他的關心，那他決定毅然置之不理。

他本來還掉以輕心想著真有什麼事的話母親自然會連絡，作夢也沒想到週二早上會從電話中得知阿照的死訊。

據說是一一九接到阿照本人來電，聲稱嚴重暈眩請求對方盡速趕來。救護人員到達時她已陷入昏迷，送去醫院查出兒子的電話號碼時人已經斷氣。過程和說明都非常簡單明瞭。

他站起來，環視客廳一圈。電視櫃上放著新租來的ＤＶＤ藍色袋子，電視機後方是很少拉開的蕾絲窗簾，牆上掛著標明紗弓值班和休假時間的月曆，櫃子，早上用過的餐具還沒收拾的廚房。在信好的膝蓋高度，是桌上的筆電。打開的螢幕上，是他寫到一半的劇本。

他才剛寫完永遠雞同鴨講的失智母親和兒子的對話。劇本最後，他預備描寫兒子推著母親輪椅走遠的背影。

信好的現實，並不像他想像中描述的情節發展。

他忽然全身脫力。阿照為何在身體真的不舒服時不向兒子求助？雙肩好像倏然垮掉十公分。T恤內流下冷汗。他急忙脫下，拿起制汗噴霧對著腋下噴。他已經分不清事情的優先順位。穿上晾在浴室的T恤，把帆布包斜掛肩上。將稿子存檔關掉電腦。

留下一道風聲消失的螢幕畫面，映現自己的臉孔。他重新審視自己的臉，漸與阿照不悅的神情疊合。自己似乎長相也像母親。

垂眼看著漆黑的螢幕，他傳訊給紗弓的手機。

「聽說媽死了，我現在要去江別。我還記得爸死時的處理步驟，所以沒問題。妳不用擔心。」

接到紗弓的電話時，他正在醫院走廊與葬儀社的人討論。他淡漠得連自己都驚奇地處理事情。

「我現在才看到訊息。媽的事情，是真的嗎？」

「嗯，我正在和葬儀社洽談。好像要等醫生驗屍後開死亡證明書，不能直接開死亡診斷書。等手續需要的文件都辦好了就會火葬。我已經選了那樣的方案委託葬儀社。」

「什麼方案？」

「就是鮮花和念經之類的都盡量從簡，喪儀以火葬場為主。」

那樣最便宜——他把這句話吞回肚裡。勸阻打算立刻趕來會合的紗弓。他告訴妻子，來了也沒事可做，不如按照平日步調過生活就好。

紗弓陷入沉默。一秒，兩秒——他斜眼一瞥，葬儀社的人正在記事本上專心寫字。頭頂的髮旋相當稀薄。聽說這是私人經營專做家庭葬儀的公司。

紗弓低聲說知道了。

「我想應該也有我能做的。到時候你要告訴我喔。別自己硬撐。」

「謝謝，拜。」

葬儀社的人應該聽見他們的對話了，但那人若無其事地又開始繼續和他洽談。阿照的遺體就在這同一棟建築中。此刻那裡明明是一切的中心，信好的心思卻不在母親身上，反而沿著地板的石紋描摹。他有種錯覺，停止呼吸的似乎是自己。

「等各項手續辦妥，取得火葬許可後本公司就會把遺體運走。根據家屬的時間和火葬場的空檔調整後，再決定火葬日期，這樣可以嗎？」

「由你全權安排。」

阿照的遺容和生前一樣滿臉不高興。不知她的身體到底有什麼毛病，早知如此應該聽紗弓的，拽也要把她拽去做檢查嗎？回札幌公寓的電車上，他如此思忖。但，那終究也只是想給良心一個禮貌上的交代。

回到家，即使坐在餐桌前，還是無法真切感受到母親死了。

「火化時我也去。」紗弓說。信好回了一句「不用了」。這樣的對話重複兩次後紗弓沉默了。信好感到有一點點抱歉，於是又補了一句：

「我到現在都不覺得是真的，好像繼續這樣過日子就好，就像平時一樣送她往返醫院。」

他一邊反省自己是否太耍酷了，甚至忍不住想笑。信好這麼說完後，紗弓對喪事再也沒提起半個字。

實際上，信好的確只有一如往常搭電車帶母親去醫院的感覺。看到遺骸時心情之平坦，甚至無法產生罪惡感。

無法積極為失去至親難過，刻意疏遠紗弓，或許都是步向「孤獨」的前兆？他藉由這樣的想法尋找心靈安歇之處。他始終無法擺脫還在隱約扮演某人之感。

「大約要兩小時，好了會通知您。」火葬場員工說。

阿照火化之際，信好坐在火葬場大廳軟綿綿的單人沙發椅上。大廳很安靜，四面都是玻璃牆。擦得晶亮的玻璃外幾乎只見大片天空。

彷彿一次又一次反覆塗抹淺藍色顏料的天空，出現一條飛機雲。不知要伸向何處，幾乎要將天空切成二半。

不斷向上延伸的飛機雲，前端線條銳利，靠近地平線的地方卻已開始模糊。滿臉不高興的阿照又要往哪去？他茫然試問夏末的天空。

天空疊上一層又一層水藍色，自己繼續一個又一個謊言。上個星期一，故作痴呆或許是阿照的小小惡作劇。

他沒流眼淚。彷彿早已預感這種場面，但他懷疑這或許也是對自己撒的謊。就連想起怎麼哭泣恐怕都需要一點時間。

飛機雲加速在天空暈染擴散。最後終於不敵強風，彷彿被狠狠吹了一口氣，就此失去形狀。

信好回顧他與阿照共度的時光，那彷彿正從大廳可見的遼闊天空逐漸擴散消失。那是無法被人安慰也無法安慰任何人的時光。

母親是否平安去了「死後的世界」呢？感覺好像還是和「悲傷」不一樣。

幸好沒被紗弓看到這種樣子——

想獨自送別，這句話的意思，或許其實是死要面子？這麼一想有點好笑。這種時候，若是一個人，無論是哭是笑都不會被怪罪。

看著蔚藍無垠的天空，漸漸覺得自己好像也是那個夏夜被放生的一隻蟋蟀。

啊——他恍然大悟，同時與阿照的聲音重疊。

啊——蟋蟀啊——

那是用淡漠的拍翅聲，在夜晚奏鳴無數謊言的，夏末的一隻蟋蟀。

家族旅行

剛換上牛仔褲和棉質襯衫，手機就開始震動。

紗弓急忙朝更衣櫃伸手。員工休息室內，只有紗弓一人。她猜想八成是信好打來的，一看螢幕，頓時停下手。

是媽——

手機忽然變得沉重。她看著休息室牆上張貼的月曆。紗弓的生日快到了。按下接聽鍵，首先撲面而來的是對方的驚訝。

「真難得欸，妳居然會接電話。」

「我現在剛下班。」

「除了上班時間之外，妳不也幾乎都不接我的電話。」

就是因為討厭每次以煩人的內容展開的對話，紗弓很少接母親打來的電話。母親曾經在她上班時間連打五通，她慌忙回撥，結果母親只是想說「妳要同居是管不了妳了，但結婚還是算了吧」。打從她把信好介紹給父母的那天起，不知已被這樣念過多少次。自己不再主動聯絡母親已有四年。

紗弓是在生日那天登記結婚，因此那天也成了夫妻倆的結婚紀念日。當時她覺得如果能兩件事一起慶祝，至少可以讓信好少費點心思。

被叫回娘家時，紗弓總是獨自回去。而且多半沒讓信好知道。每次見到面，母親起初還算客氣，但過個一小時就逐漸開始話中帶刺。明知提及信好的話題只會讓氣氛尷尬，她偏要不斷戳紗弓的痛處。紗弓知道被問起丈夫的工作時，自己會不由自主表情僵硬。如果任由母親繼續大肆批評下去，總會感到自己煢煢孤立於世界盡頭。這種無法和信好商量的事情，只會造成他的心理負擔。

紗弓嘆口氣說，如果沒事她要掛電話了。母親連忙攔阻，叫她等一下。紗弓的視野驟然縮小，無意識地盯著月曆。

「下次放假，我們去定山溪[3]吧。妳爸說想妳了。他都七十歲了，簡直難以相信。妳的生日你們應該會自己慶祝，所以把我們兩個老不死的排到後面沒關

3 定山溪：位於北海道札幌近郊的溫泉勝地。

係。」

父親和紗弓的生日是同一天。短大畢業的母親一畢業就結婚的對象，是年齡比她大了一輪以上的副教授。懷孕的她決定把孩子當成送給丈夫的生日禮物，果真在丈夫生日當天生產了。就偏執的程度而言，紗弓還真沒見過比母親更厲害的人。

「下週五的話我有空。」

「我們打算在那邊住個兩三晚，但妳大概沒空從頭到尾陪我們吧。」上揚的語尾在空中打了個轉。

「頂多只能住一晚吧。」

「可以啊。那我就告訴妳爸說妳星期五會賞光。謝啦。」

即便是話中帶刺的對話，被父親悄悄耳語「妳媽只是太寂寞了」後，她也不忍心頂撞了。自從回娘家變成負擔後，唯有父親對獨生女的離家寬容以待。父親從來不會直接打紗弓的手機。善良體貼的父親，不忍把母親排擠在外。從小到大，唯有母親沒改變。無論是毫不掩藏心事的表情，或者尖酸刻薄的說詞，都不曾隨著年齡增長變得圓滑。

把護士服掛到衣架上，鎖上更衣櫃。每次嘆氣，她都會慌忙把垂落的視線上移。她不想讓今年夏天失去母親的信好看到心情欠佳的臉孔。她無法批評母親。但遺憾的是，她的倔強其實跟母親一樣。

她辭去市立綜合醫院的工作轉到只有門診的私人診所，雖然這樣可以有更多時間和信好在一起，收入卻減少了。至於節省開銷，起初還覺得當成一種樂趣就好，但或許是每月的薪水幾乎全數消失在生活中導致壓力變大，有時也會感到撐不下去。這種時候，她會告訴自己，信好的心理負擔更大，區區的經濟負擔算什麼，藉著這樣的想法排遣幾欲爆發的負面情緒。

會一直這樣嗎——

連小孩都不敢生的日子似乎沒有盡頭，讓她有點不安。十月四日就要滿三十六歲了。她朝徹底變黑的夜色踏出一步。吹過圓山街頭的風混雜枯葉的氣息，抬頭一看，夏季的星座已然消失。

紗弓任職的「圓山內科胃腸科診所」，是院長從大學醫院退休後為了排遣餘生開設的私人診所。護士有各種保險保障，是兼職。紗弓屬於正班人員，另有二人輔助。大家各有家庭，下班後幾乎毫無來往，這點讓她很慶幸。

在距離診所走路只需三分鐘的地下鐵圓山公園站搭乘東西線到白石站下車。以紗弓的腳程，徒步十三分鐘就能從車站回到現在租的公寓。雖然通勤方便，地點也很安靜，但是只有一廳一室一衛浴，格局簡單，住在這裡的幾乎都是單身者。

之所以越發不想和母親打交道，是因為母親隨口說出的一句話。

「像他那樣，不就叫做吃軟飯嗎？」

紗弓暗自咬唇，就算在外人看來是如此又怎樣，從此她跟母親疏遠了。那是她第一次將母親列入「外人」的範疇。那天父親委婉地說母親，「這樣講過分了吧。」

隨著年紀增長，生日變得可悲。不是因為馬齒徒長的落寞，只是因為看不見不久的將來，那是壓在自己雙肩的明確不安。

到底要這樣到什麼時候？就在她開始厭倦這個不知是自問還是念咒般反覆出現的念頭時，他們的公寓燈光已遙遙在望。兩人住的是雙層出租公寓的二樓左側邊間。同樣的建築物沿著路旁林立。比起搭電車之前，此刻已是滿天繁星。信好似乎在家。她從肩揹包取出手機傳訊息。

「我回來了」發出後，立刻收到「歡迎回家」的回覆。信好大概正關上餐桌的筆電，開始擺盤準備晚餐吧。今晚不知是喝味噌湯還是法式清湯，主菜又是什麼呢？

信好曾說紗弓的優點就是找到一個樂趣後，從不考慮那是小還是大。當初信好眼神認真地對著初次見面的紗弓嘀咕「妳是個好人」然後自己先驚慌失措的模樣，倏然掠過她的腦海。她沒問過丈夫說的「好人」是針對她個性的哪一點。她只是笑著回嘴說，被突然講出這種話的自己嚇得驚慌失措的男人八成也「是個好人」。

信好準備的晚餐就是對自己「優點」的肯定。兩人共享的溫馨晚餐，暫時掩蓋了雖在眼前卻因距離過近反而看不見的生活問題。

手伸到玄關門把上，她用力挑起嘴角。這是回家前的儀式。為了扮演永遠充滿活力的紗弓，她如此規定自己。

「我回來囉。」

屋內瀰漫法式清湯的氣味。

「今天吃什麼？」

「法式清湯水餃。妳不來試試味道嗎？」

嗯——打從邂逅時她就喜歡這個聲音。只要接觸到那個溫柔傳入耳朵與心扉，從不霸道強硬的語氣，她就會很想一直聽下去。

紗弓這種若將想說的話全部說出口反而會受傷的毛病從小就改不了。她想盡可能藏起心思。和信好在一起時就做得到。這種不想要過剩言詞的生活帶來的平靜幸福感，始終無法對母親妥切說明。

父母自有父母的要求和想法。母親想必不喜歡狡猾的表達方式，因此才會直來直往。對自己誠實，這是多麼精確又奇妙的說法。僅憑著誠實的矛頭，人可以變得無限殘酷。從母親嘴裡冒出「吃軟飯」這個字眼時她還沒發現。那或許比心裡想著卻不說好一點吧。心裡想著卻不說出口的，大概，是憐憫。

不管怎麼想，總之她還是努力挑起嘴角。她繞到正在一邊數數一邊往較深的咖哩盤裝餃子的信好背後。從後方抱緊在ＩＨ電磁爐前移動的丈夫。信好沒有害羞，沒有驚愕，他總是肯定紗弓的行動。而紗弓，忍不住祈求這份寬容在這世間只賜予自己一人。

當她想到吃軟飯這個字眼幾乎露出悲傷神色時，從背後擁抱丈夫是最好的辦法。這樣就能不讓丈夫看見臉孔。

迎來秋天的溫泉街，染上朱紅橙黃的溪谷風景映襯向晚天空。母親選的，是食物和大浴場可以享盡奢華的歐式幽靜旅館。據說十八歲以下禁止入館。她在櫃檯報到後，父母立刻現身大廳。母親自豪地說，已經讓人準備了今晚可供三人過夜的和室，一旁的父親一如既往地微笑。迥異於一年比一年尖酸刻薄的母親，父親的皺紋逐漸溫柔地下降。幾乎看不出頑固之處。每年，父親的態度比母親更讓她覺得困擾。面對父親這種包容力，自己也不得不變得坦誠。

「把行李放到房間，先去泡溫泉吧。還是知名的旅館好。聽說提供的衛浴用品全都是歐舒丹的。就算兩手空空去也沒問題。我還預約了護膚沙龍，只有今天可以讓妳奢侈一把喔。」

就在她快要受不了時，父親圓滑地插入：

「『只有今天』這種話太失禮了，春香。」

「會嗎？」

「對，很失禮。」

等候電梯門打開的同時，她看著顯然不理解父親說的話，嘴角往下撇的母親。母親的身後是父親。他的感情似有若無，雖然溫柔體貼卻總是瀰漫有點無從捉摸的味道。館內瀰漫的香草植物氣味，不濃烈不過甜，倒是和父親很相稱。父親雖比去年多了一點白髮，但氣色還不錯。和父親同一天生日，是紗弓小小的自傲。

面對溪谷的房間是附帶和室的經濟套房。完全符合「奢華」這個字眼的寬敞和安靜。她不禁想，要是能和信好單獨來過夜該多好，隨即急忙打消念頭。

父親基於不想排擠母親的理由幾乎不曾主動打過電話給她。想到父親或許和母親一樣其實個性笨拙，她有點慌。

「紗弓，我們去泡澡吧。」

母親的聲量拔高八度。她應聲點頭，從旅行袋取出裝洗臉用具的化妝包。

「不用帶平常用的東西啦。反正還要去護膚按摩，帶內衣就夠了。」

她刻意用坦誠的聲音回了一句「好」。

刻意打造成祕密巢穴的更衣室內，每個寄物櫃各有屏風，形成各自獨立的寬敞空間。兩人的寄物櫃號碼相鄰，但幸好不用直接在母親身旁脫下內衣。在一起越久就越鬱悶，她已經連慎選字眼說話都嫌麻煩。

走進瀰漫花香的寬敞西式浴場。有按摩浴池，低溫浴池，香氛浴池，噴射浴池。池內只有一兩個客人，淋浴空間還有一半空著。母親在靠近浴池那邊發現最邊上的空位，急忙放下衛浴用品。雖然沒有張貼公告禁止客人占位子，但這樣不會被安靜享受泡澡的客人喝止嗎？

在浴場看著年近六十的母親是件殘酷的事。她的背部皮膚已鬆弛下垂，腰臀之間的線條如腫瘤層層堆疊。

母親眼中的紗弓裸體，想必籠罩惱人的年輕與優越感吧。此刻這二十一歲的年齡差距，恐怕更加刺傷年紀輕輕就生孩子如今已步入更年期的母親。正因為彼此可以裝作毫無意識，更顯現殘酷的年紀差距。

紗弓避開淋浴區舀熱水仔細沖洗後，走進按摩浴池。過了一會母親也沉入泡沫中。

「幹嘛不先找好座位再進來？」

就算她說隨便找空位用就行了，母親還是一臉不可思議。視線前端是母親放毛巾的位子。高雅的花香中，母親的行動簡直像在大眾澡堂搶位子。

按摩浴池原有的客人站起來。是個長腿女人。她留心在對方離開浴池時不用目光追隨。驀然間，她思忖此刻在場的女人們在「氣質高下」畫了一條怎樣的界線。浴室內似乎沒有對手也沒有理由，足以讓這些走路如芭蕾舞伶的女人表情高傲地拿毛巾遮著身前。母親不以為意地說：

「妳生日在哪家店慶祝的？」

「上班地點附近。」她撒謊。如果老實說是在家裡吃蒙古烤肉，只有那天喝的不是發泡酒而是啤酒，再配上超商風評不錯的可麗餅蛋糕，肯定會有大麻煩。和母親在一起時，光是閃躲母親出其不意隨口抛出的發言就已精疲力盡。

「妳今天過來，妳老公怎麼說？」

「他什麼也沒說。只說知道了。」她又撒謊。

「都沒叫妳問候我們或說聲不好意思嗎？那個人，完全不會說客套話欸。」

不經意一看，母親額際的髮線已開始冒出一叢叢白髮。母親似乎不認為自己又拋出了一句充滿惡意的話。

「他當然說了。這不是理所當然嘛。」她繼續撒謊。

這個時候信好正在自家忙著寫劇本的大結局。她哄勸信好說自己還是一個晚上不在比較好，謊稱今晚有新接的夜班兼職。

「他媽媽身體怎麼樣了？」

母親去年也問過同樣的問題，當時紗弓簡短報告正在定期上醫院就診。縱然懊惱終究沒機會安排兩家父母見面也於事無補。今年夏天信好獨自辦完喪事之舉，該怎麼告訴母親呢？紗弓感到身體彷彿被氣泡拱起，一邊戰戰兢兢報告，「我婆婆走了。」按摩浴池的水聲好像變得更響亮了。

「啊？妳說她怎麼了？」

母親毫不留情反問，她只好又說一次。母親似乎很茫然，坐在浴池邊高出一階的地方。

「走了？難不成是死掉了？」
聲音意外響徹浴室。隔壁浴池正要起身的客人朝這邊看過來。紗弓假裝沒注意到別人的注視，一邊把上半身壓得更低藏在氣泡中。母親追問那是幾時的事，她回答八月。已經過了快二個月了。
「這是怎麼回事？你們到底是過著什麼樣的生活才做得出這麼荒唐的舉動！這樣好像不對吧？甚至沒讓我們去上柱香，害我這麼丟臉是什麼意思！」
母親的憤怒，藉由自己噴發的言詞似乎更加升溫。她想強調的根本不是親家母過世卻沒通知她。真不該在此時此地告訴母親，紗弓對自己的糊塗咬牙暗惱。浴池中，從背部到腳底不斷有新生的泡沫迸發。
「少給我裝啞巴，妳倒是解釋一下啊。」
母親橫眉豎眼。紗弓盡量不看她地擠出話語。要把藉口說得不像藉口很困難。
「一進入八月，忽然就接到電話通知。好像是被救護車送去醫院就立刻斷氣了。雖然每星期都有去醫院，但我婆婆都是去骨科沒有去內科。她的過世，以及喪禮從簡什麼都沒辦，這些都沒告訴任何人。」

「可是，自己的女兒給婆婆撿骨時，我們居然不在場，這樣像什麼話！」

明明沒有在浴池泡那麼久到暈眩的地步，紗弓卻覺得漸漸無法呼吸。她抓住浴池入口的扶手，抬起身體坐到池邊高一階之處。被母親這麼一責備，那天的決心似乎也開始動搖，懷疑自己是否真的做錯了。

「我也沒有去撿骨。不過，彼此都認為這樣沒問題。」

「彼此？誰跟誰？」

「信好跟我。過世的婆婆也沒對我有太多指望。他說他媽不給人添麻煩就默默去世了，所以想用不麻煩的送行方式。因此，除非被問起，否則沒告訴任何人。」

自己說不定也從未指望將來信好陪她一起給母親撿骨。因某人的死而變得圓滑的稜角，不也都是為了活人的方便嗎？

「真是的，好好的家族旅行都毀了。」

母親猛然從泡沫站起，無視於周遭目光，逕自走向沖洗場的位子。被遺棄在按摩浴池的紗弓，將頭上的毛巾鋪在池邊坐著。身體倚靠銀色的扶手欄杆。

母親在沖洗場首先做的，就是把公用的浴桶和椅子徹底清洗乾淨。使用事先準備的二條毛巾中的一條，拿浴場提供的沐浴乳開始洗椅子。從肩膀和背部的動作，讓她知道此刻母親的意識完全集中在洗椅子。

啊，又來了——。

母親是個超級不會預測事態下一步發展及對方反應的人。偏偏卻對獨生女的身體變化格外敏感，只要女兒一有什麼不對勁，她比當事人自己還先胡思亂想。從小就常帶紗弓去醫院找溫柔的女醫生看病。

女醫生問，「肚子是什麼時候開始疼的？」母親回答，「昨晚就有點臉色難看。」女醫生再問，「除了肚子疼有嘔吐或拉肚子嗎？」還是母親立刻搶答，「昨天早上就只有平時一半的胃口，晚上也是。今天好像連茶都不想喝。」

小學時紗弓以為那是理所當然。

但是紗弓上了中學後，家庭醫師就不再讓母親跟進診療室。她這才第一次發現，母女倆在別人眼中是什麼樣子。溫柔的女醫生眼神比平時更沉穩地說：

——今後就別再事事讓媽媽代為說明了吧。我從妳幼稚園就替妳看病，一直考慮到今天，我覺得也差不多該告訴妳本人了。

那天看到的白袍，以及豁然開朗的領悟——母親是母親，自己是自己這個理所當然的真理——讓她決心走上醫療這條路。

紗弓宣稱想當護理師時，父母都很高興。母親第一句話就是「我果然沒養錯孩子」。當時紗弓也放下心頭大石，甚至可以微笑暗想「媽果然還是這樣」。之所以決心成為一個疏遠母親的獨立大人，都是拜當日那位女醫生所賜。

想到這裡紗弓的心亂了。對信好撒謊要值夜班，對父母撒謊已向信好交代過外宿原因。這樣究竟是為誰撒謊？她想了半天也想不出個好答案。若說是為自己撒謊，顯然也欠缺足夠的證據。

母親終於刷洗完浴桶和椅子。又把剛用過的毛巾也令人瞠目地反覆搓洗，用力絞乾後放在鏡前。接著用浴桶裝熱水，把新毛巾搓出肥皂泡，從右頸開始仔細清洗。一切都和紗弓小時候一模一樣。

紗弓急忙在隔了一段距離的位子洗澡洗頭。她知道母親不會把用過的浴桶和椅子像使用前那樣再仔細刷洗一遍。對於母親走出浴室時意外乾脆的自私態度，最近甚至連反感都沒有了。

洗完澡她又獨自走進數位顯示水溫三十八度的浴池浸泡。客人少了一半。就在她把之前的對話溶化在熱水中準備起身之際，背後忽然響起母親的聲音。

「我預約了十分鐘之後去護膚沙龍，妳快點。」

彷彿整個浴池都在搖晃，紗弓慌忙朝池邊伸手。

當晚的餐點是在包廂享用北海道特產食材的套餐，紅白葡萄酒都是北海道三笠地區的酒莊出產。不能讓父親發覺自己的坐立不安。紗弓盡力擠出笑容給桌子對面的父母倒酒。

在護膚沙龍按摩後，母親彷彿忘了在浴池的對話，心情極佳。津津有味地啜飲女兒倒的葡萄酒，喜孜孜訴說父親在家的樣子。笑談的幾乎都是家中事。

母親感冒病倒時，讓父親包辦一日三餐，結果沒有一樣菜有味道，還搞錯雞蛋的水煮時間煮得硬梆梆……津津樂道的母親身旁，父親一直在笑。母親或許已經忘記信好母親過世的事。

「那時候，我記得妳明明說我煮的每道菜都很好吃。過了喉嚨就忘記燙也是妳的優點吧。」

對於斷言早睡早起才是健康之道的母親而言，晚間八點已是準備就寢的時刻。紗弓想起以值夜班為由開始獨居的時候。那時紗弓宣布要搬出去租房子，母親當場驚慌失措。

妳打算拋棄我們嗎——面對這樣質問的母親，她無言以對。

父親放下手中的杯子。

「紗弓倒是都沒變。信好最近還好嗎？」

「嗯。他也沒變，老樣子。」

「今年還以為他也會一起來，真可惜。不過要去外縣市工作就沒辦法了。」

紗弓拚命壓抑不讓自己把視線飄向母親。她甚至可以想像父親叫她邀信好一起來旅行時母親是什麼嘴臉。

「對不起。」

「不說明年，今年年底之前看能不能找機會安排雙方見一面。彼此這樣端著也沒好處吧。到了這個年紀，我覺得還是需要過節日。雖然老實說，我覺得七十歲其實還很幼稚。」

面對父親的提議，她只能簡短回答一聲謝謝。盡量不看母親已用盡全副力氣。這時甜點推車來了，宣告套餐結束。

北國豐饒大地的食材，似乎不用特別加工也能自成一道料理。但紗弓還是更喜歡信好做的無國籍晚餐，而且被他加工之後，就連炸豆腐皮都讓她吃得開心。

看著父母，與信好的時光暫時蒙上陰影。自己將來也能擁有這樣的時光嗎？

這種不安甚至逼近肌膚。

「那就回房間吧。」

母親宣布晚宴結束。紗弓不想就此三人一起回房間，說要去泡個澡再回房。

「做按摩又喝酒促進了血液循環，我再去泡個溫水澡就回去。」

她在電梯外對二人揮手。電梯門一關，頓感徬徨。一個謊言得用更多的謊言圓謊。明知如此，一旦鑽進那個死胡同，根本不知如何脫身。

走向浴場時，她驀然在大廳旁駐足。那裡有個燈光刻意調暗的酒吧。就像靜謐的黑森林中，突然出現的登山小屋。牆邊書架放滿書籍，高背沙發和寬敞的單人椅以微妙的角度變化，圍繞西式大型地爐放置。等到冬天來臨開始生火後，想必會像古堡的沙龍吧。

高出一段之處，鋪了地毯。好像得脫鞋上去。明明就在門口一進來的地方，之前抵達旅館時卻完全沒發現。

看似無處安身者能夠暫時落腳之處。這麼奢華又可悲的地方也很少見。紗弓在角落的單人椅坐下。她以前在旭川家具的展示間看過。即便在無數椅子中，也是線條格外優美吸引目光的作品。

真是奢華的空間。不僅毫無日常生活的氣息，連水聲、煞車聲乃至近鄰的怒吼聲都聽不見。肩膀一放鬆，更不需要力氣。一直小心不發出嘆息的喉嚨深處，有一顆小石子落入胃部。椅子牢牢支撐紗弓的腰部，讓她不至於無謂地陷下去。

就算帶著手機，也只是重看舊訊息，這個時間不能聯絡信好。因為她現在照理說應該正在值夜班。如果這時發訊息反而會顯得古怪。她不禁思忖，不惜一切也想保住的二人之間的安穩，真的有意義嗎？

手心抵住兩邊太陽穴，她很想為今天撒的謊向某人祈求原諒。以為道歉就能獲得原諒的想法本身就已是一種狡猾。

紗弓——。

沉穩的聲音落到頭上。抬頭一看，是父親。

「沒想到已有客人先來了。」

父親對於昨晚自己坐過的位子居然被女兒坐了，老實表現出驚訝與羞赧。

「這麼多充滿魅力的椅子之中，唯獨這張莫名地吸引我。昨天我坐在上面發呆時，想到這張椅子肯定最受歡迎就恍然大悟。」

「我以為這位子挺不起眼的，所以不自覺就坐下了。」

「在一群不起眼卻又想惹眼的椅子中，它被放在真正不張揚自我的位置。」

地板有一些小夜燈排成圓形，被父親這麼一說，才發現每張椅子的確刻意張揚，好讓人不去意識到其他。父親選的椅子和自己坐的是同一張，好像又可以從中找到什麼意義。父親把書架前可以移動的凳子拉過來坐下。距離近得勉強可聽清楚低聲細語。

「剛才我本想去泡澡，意外發現了這個地方。」

「聽說信好的母親過世，我嚇了一跳。結果，我們始終沒有見到面。」

「對不起。」

「既然是信好想這麼做，那我想應該也是往生者本人的意思吧。妳該不會一直為這件事苦惱？」

紗弓無話可說。父親的聲音非常輕柔，猶如筆直落在頭上的夏日毛毛雨。

「妳媽說這樣不合人情，但那是她的價值觀，就算和已經成家的女兒想法不同也怪不了誰。在常識與感性之間苦惱，也是成年人在生活中會面臨的重要問題喔。對於妳媽說的話，用不著左思右想自尋煩惱。」

「可是，我覺得也沒必要在今天特地提起我婆婆過世。」

父親沉默了一下，「有時是時機的問題。」他低聲說。

「想必有一天妳自然會懂。能夠覺得『幸好是今天』是最好的。」

「我可無法像爸你這麼豁達。」

不是豁達——父親唯獨這時轉為說服的口吻。

「我的意思是，有那個時間煩惱，還不如把心思花在自己更開心的地方。在這點，我倒覺得在妳媽身上學到很多。她雖然愛生氣，但是看起來也像隨時在享受當下，不是嗎？」

紗弓想像被堅持自我與張揚自我的繭層層包裹的母親。她輕輕搖頭。

「可我不像媽那麼強悍。我無法那樣堅定說出自己的意見。如果聽起來像諷刺，很抱歉。」

「她有說過什麼自己的意見嗎？」

她想確認父親這句話是在說真的還是開玩笑，不禁悄悄窺探父親的表情。

「妳媽是個坦率的人。或許想到什麼就直接說出口，但我覺得她並沒有說出意見喔。相對的，尷尬的氛圍也不會持續太久，和她這種人在一起其實很輕鬆。這麼想的或許只有我，但我覺得她那樣也有那樣的好處。」

「那是因為爸太溫柔。」

父親一旦開始替母親撐腰，自己的容身之地頓時變得狹小。她小聲為自己有點嗆的話語道歉。

「她那個人，表裡一致。所以往往給人的印象不好。但我有時候很羨慕她那種個性。」

父親說著停頓了一拍，「至少不用在人前裝模作樣，對吧。」他的語尾上揚。「待在她身邊，真的很輕鬆。雖然她講話有點刺耳，但那不也正是她的本色？她不會刺探別人的心事，所以這些年我一直覺得，或許她意外地適合我這種膽小拘謹的人。」

紗弓還沒有足夠的經驗去想像父母背後隱藏的種種。但至少，父親並未對他和母親的關係苦惱或隱瞞什麼。如果是那個幫助二人走過漫長的歲月，那麼信好與自己今後又會怎樣呢？日積月累的不安及不滿，或者還有對母親的嫉妒，讓黑暗的負面言詞從唇間脫口迸出。

「我想，我大概討厭媽。」

說完，眼淚倏然落下。明知不是講這種話的場合，不得不對信好撒謊的失落卻讓她忍不住向父親撒嬌。在燈光昏暗的酒吧，父親的臉孔輪廓模糊。就連聽到獨生女說「討厭媽」，他依然一派溫柔。不知這些年經歷過什麼，他從來不曾尖刻發飆。父親從頭上灑落的溫言軟語，令紗弓無聲哭泣。

「女孩子這樣沒關係喔。如果太喜歡母親，想必只是證明自己無法作為成年女人跨出下一步。至於妳媽，有我連妳的份一起去喜歡她就行了。如果她被女兒說的話以外的事情刺傷時，有我全力守護她就行了。」

父親說，「相對的，妳要好好去喜歡信好。」

他說人心並沒有機巧到任何人都能喜歡。

「是這樣嗎？」

紗弓本欲說對不起，父親卻打斷她，又落下一句話。

「就是這樣喔。」

電影人

預感會積雪的紛飛大雪中，信好正要去參加「北方電影院」營運委員會的十二月定期例會。

或許因為總是缺錢，他對霓虹街和車站前的璀璨燈火一概視若無睹。手機通訊行和特種營業在街頭發放的廣告面紙按照紗弓的吩咐必須全部收下，因此心情更加蕭瑟。

會議在靠近大通公園的某飯店內「北方電影院」展覽室進行。官廳街的上班族絡繹下班返家的人潮中，信好逆流而行。

會議晚了二十分鐘才開始。針對一手拿著寶特瓶裝茶水來到「北方電影院」的訪客，有一份統計人數及年齡、性別、時期及星期幾來客較多的報告。據說對放映過的電影在北海道何處拍外景全都瞭如指掌的阿新，用裝傻的語氣讀出數字。當他稍微低頭時，頭頂的髮旋有點稀疏。

「十一月隔壁表演廳有很多演歌歌手的演唱會，所以帶來不少人潮。下個月新年演唱會請到交響樂團，那應該也是個招攬人潮的機會。不過恐怕還是很難超越八代亞紀演唱會的入場人數。」

是啊，信好說著頷首。定睛一看，大家都露出懷念當時來客人數的眼神。

「另外，還有一個好消息要報告。」

阿新有點賣關子地從檔案夾抽出一張紙。打從出生至今半個世紀都投注在電影的他，喜悅總是和電影息息相關。他最自傲的就是可以一口氣說出一百個西洋成人片女星的名字。至於信好，就算加上自己放映過的A片女星，頂多也只記得二、三十人吧。

阿新除了電影知識豐富，他的收藏也支撐了這個機構。他捐贈的電影海報，是他從小跑遍市內各公共澡堂收集以及砸下薪水蒐購的。阿新喜孜孜地耷拉著眼角。

「聽說新年的羅曼史電影節，影評家桑元先生讚不絕口的女星甲田桃子，將以嘉賓身分出席！」

舉座頓時出現輕微的騷動。

「你說的甲田桃子，演過什麼電影？」委員會最年輕的由美說。

萬綠叢中一點紅的她，是就讀札幌某私立大學的電影發燒友，對成人片卻是門外漢。另外五人微妙地閃避她的注視。阿新欣然回答，「我個人首推她的《愛愛侯爵》喔。」

「恕我知識淺薄，請問她是哪種類型的女演員？」

「妳知道嗎，甲田桃子的演技最精采的就是性交場面。從下顎到喉嚨還有鎖骨與背脊簡直絕了！散發出只有她才有的性感。」

「是嗎。」語尾沒有徹底上揚，似乎帶點不安。不是情色場面也不是性愛場面而是大剌剌直言「性交場面」的說法，令舉座有點尷尬，但阿新才不管這些。和電影朝夕生活的男人，在這點寸步不讓。

白天在窗簾及布料專賣店上班的阿新，凡是電影出現的布製品，他只看一眼就能道出製造商及販售年代。據說拍電影的人頂多只注重服裝，連窗簾都講究的電影意外稀少。信好想起阿新有一次被某部電影激怒。好像是當時流行的黑社會電影吧。

「可以將東京夜景一覽無遺的大飯店，怎麼可能用那種窗簾。並不是只要窗口掛塊布就行。為什麼對這種地方毫不在意呢？」

電影當然有電影的經費預算和苦衷。一天三、四次，厲害的時候一個月都在看同一部電影的信好，同樣也在平淡的放映膠捲作業中，無意識地將電影的謊言累積在心底。之所以不認為那有對錯可言，是因為和膠捲及放映機格鬥時的自己，顯然是在「工作」。多少也有點自負自己正在做的，是光靠「喜歡」無法做到的工作。然而那已是過去——這個事實，令信好氣弱。

不管位於最底層或最前端，都無法坦然說「自己靠電影吃飯」，是信好現在最想隱瞞的弱點。老實說，在好萊塢電影《阿凡達》出現之前，他沒想到放映師的工作會減少到這種地步。光是那一部電影，不知害得多少技師失業。

「哪，信好比較清楚那方面吧。」

突然被點名正感困惑時，阿新從眼鏡後面拋來溫柔的微笑。

「說到甲田桃子，信好應該比我更內行。」

「不，我哪算內行。你們到底在聊什麼？」話題突然拋過來，讓他連舌頭都打結。

「你以前在柯波拉電影院放映電影時，她應該是成人片的當家花旦吧。別看她現在還蠻常在文學作品改編的電影當配角，其實她本來是日本A片界的國寶。我知道信好只有她的海報會收起來帶回家喔。」

面對滿面笑容的阿新，信好很難報以笑容。他只能含糊點頭閃避那個話題。也不知是否察覺信好的閃避，阿新又繼續講了好幾分鐘甲田桃子的話題。《做完就跑》、《性交機器》、《素股峽情話》、《開腿最前線》……給甲田桃子這個似乎可以永遠講不完的話題丟出一顆震撼彈的，是任職本地報社的中曾根。

「羅曼史電影節的重量級嘉賓就是甲田桃子沒錯。宣傳大概也會特別著重在這點吸引觀眾吧。我們報社已向甲田桃子的經紀公司申請採訪。因為她是特別來賓，我也會努力爭取盡量讓報導篇幅大一點。」

活動宣傳單由任職本地出版社的和田先生包辦。和田先生平日是個溫和篤實的紳士，但自從有一次聽到他在酒宴上對自己帶去的稿子大肆批判後，信好就不敢說自己也在寫影評了。信好負責放映會的電影放映和燈光。阿新從電影公司取得放映許可權的電影只有一齣。是甲田桃子換跑道當配角後的作品。

定期例會散會出來時，雪還在下。氣溫更低了。筆直落下的粉雪越積越多。快步趕往地下鐵大通車站的信好，被阿新從背後叫住。

「欸，活動當晚有聚會，這次信好你也要來喔。」

「我不是每次都有參加嗎？」

「三次你頂多來一次，而且只是稍微露個臉，還好意思說每次。」

阿新再次強調「你一定要來喔」，這才朝變成綠燈的斑馬線跑去。白色雪花在照亮街頭的霓虹燈及招牌燈光中烘托出黑夜。遁入繁華鬧區的人們，宛如候客計程車的引擎蓋上溶化的雪花。他想嘲笑連去小酒館喝一杯再回家的膽子都沒有的自己，卻無法順利笑出來。

晚間十點回到家沖澡後，穿睡衣的紗弓遞給他發泡酒。

「開會順利嗎？」

「馬馬虎虎。」

沒看到紗弓之前一直在回想甲田桃子海報的心虛，讓信好更加沉默。決定和紗弓同居時把那些海報全部清除之舉也已是遙遠的記憶。妻子問他一定累了吧，他回答也還好。

纖細的身體穿著寬鬆荷葉邊睡衣的妻子，雖然留有幾分稚氣卻也有性感的風情。睡前他總會思考該拿這具身體怎麼辦。一邊暗恨自己天生窮酸，能夠表達愛意的選項太少，同時也不免悲觀地想，只能靠肌膚之親來回報的關係或許就是所謂的夫妻。

實際上，他一點也不累。時間和慾望都多得很。但他不能讓妻子發現兩者都過剩。如果讓對方覺得自己是個因為閒得發慌才產生慾望的男人，他會丟臉得無地自容。

他想起甲田桃子在《性交機器》中，扮演養小白臉的風塵女郎。

下班後疲憊回家的女人，被名符其實像「機器」的男人施展各種手法和技巧陷入沉睡。因為罹患失眠症的她，只有在升天的快感中才睡得著。能夠吃好睡好，翌日才有精力工作。所以男人不斷化身為機器取悅女人。但風塵女郎愛上了某個客人。開始天天苦等那個客人上門。如此一來，在家中等她的小白臉，存在感開始莫名地減弱。女人終於等到意中人再次光顧，自己的服務能夠取悅男人讓她很滿足。於是那天，她拒絕了小白臉的舌頭、手指和陰莖，安靜地入睡。

某天，她在房間醒來——這就是電影的最後一幕。信好那半個月每天都要反覆播映的最後一幕，隨著輕微的心痛浮現腦海。

從窗簾縫隙透入的陽光中，小套房的地板散落大量的電動按摩棒——。

信好覺得自己彷彿也是其中一支，不由打個冷顫。

《性交機器》當時放映了半個月，票房並不理想。不過，信好認為在甲田桃子主演的電影中堪稱是特別佳作。雖然他當時作夢也沒想到，自己有一天居然會過著跟小白臉一樣的生活。

紗弓關燈彷彿是個信號，他朝她的睡衣伸出手。電影中描寫的小白臉，吃軟飯的條件就是絕不突然碰觸下半身。必須盡量從遠離快感核心的地方開始進攻，否則還沒真正爆發之前女人恐怕就已失去興致了。

他輕輕按住紗弓一隻手腕。留下足以抗拒的自由，再把另一隻手腕也壓在床單上。

耳朵深處，電影中的甲田桃子在囁嚅。

男女之間有的，一切都是儀式喲——

機器感嘆，那樣太可悲，並不是愛。面對堅稱儀式就好的女人，機器緩緩挺進身體。

紗弓落在他耳垂的吐息逐漸粗重。伸出一隻手抓住保險套時，信好的腦中依然淡漠。

一切都是儀式喲——

即便信好達到高潮時，仍在腦海一隅不斷重複「儀式」這個字眼。

新年活動包括下午五點開始的訪談，以及電影放映會。當天，信好在正午趕往狸小路的劇場。比年底更多的積雪，沿路高高堆起。氣溫降到底的街頭，只有除雪車和載運積雪的卡車穿梭。

下午一點，接到甲田桃子延誤一小時終於抵達新千歲機場的消息。前一天由於強烈溫帶低氣壓的影響，有三分之二的班機都停飛。第一個到達會場的阿新，一邊抱怨失眠，一邊睜著通紅的眼睛分發最終確定的時間表。

「信好，你昨晚睡得好嗎？我一直注意氣象預報，擔心低氣壓是否真的會遠去，不安得睡不著。得知甲田小姐平安抵達的瞬間，我差點虛脫倒下。」

「能夠平安抵達真是太好了。」

對方問他難道不高興嗎，他說怎麼可能不高興。阿新又說「可是你看起來面無喜色」，他只好找藉口說，只是因為心思都放在工作上。

這次只放映一場。借來的底片必須完好無缺的歸還，而且歸還之前，還得先確認底片是否完好無缺。不管怎樣，放映途中絕對不能出差錯。和以前每天摸放映機時不同，今天就算有點緊張也是在所難免。自己看起來面無喜色，想必也不見得是壞事。都這把年紀了，用「曾經是粉絲」這種過去式來歡喜也很奇怪。

阿新離開放映室後，信好瀏覽阿新給的活動時間表。放映作品是《閃亮之海》，片長九十分鐘。六點半開映。之前有現場訪談。提問者是中曾根。據說是另行申請採訪時，對方要求現場訪談的提問者最好也是同一人。沒公然說出的理由是「因為懶得和太多人講話」。在信好內心，甲田桃子的形象逐漸成形。

不諂媚，不猶豫，不客氣——。

這樣有什麼不好。阿新發揮杞人憂天的天性，對於中曾根身兼主持人和採訪者很緊張。而我——信好一邊暗忖一邊打開收片盒。這是相關電影人付出無限多時間的漫長之「業」。放映師都是藉由成人片學習操作，據說這是因為就算中途斷片也不大會被觀眾抱怨。但今天不能靠這招。這是最初也是最後的放映會，女主角親自到場，所以絕不容許失敗。

信好放眼望向分成六捲的底片以及放映室內部。放映機有兩台，正在等待自己。若是僅此一場的放映，也可以讓兩台機器交替放映。只是，如果要裝六次底片，斷片的風險有五次。要採取安全的保守方案，還是該省略接底片的「加工」程序呢？

他決定不要怕麻煩，拿起底片的邊端。放進捲帶機轉動馬達。左手指尖夾住底片，開始檢查凹凸。一旦開始這項作業，就得一口氣檢查完六捲才甘心。他取下膠捲開頭的倒數計時，也取下膠捲尾端，不斷檢查底片是否完好無垢。這是不斷懷疑他人工作成果的作業。

信好的師傅在傳授這項技術時，曾說「動作要像撫摸女人一樣」。面對自己女人的身體，不斷搜尋前一個男人留下的痕跡——他是在出師之後，才察覺這句話是在嘲笑男人的姑息與膽怯。

他默默撫摸底片，尋找刮痕。已經不需要眼睛和耳朵。只要把神經集中在指尖，就算看似失去價值的工作，似乎也自有保留的意義。確認第一捲沒有明顯的刮痕後，和第二捲連接。一看手錶，已過了二十分鐘。單純計算加工所需的時間就要兩小時。

檢查第二捲的途中，今年正月新年被叫去紗弓娘家的情景驀然掠過腦海。岳母的說話態度，讓他再次深刻理解紗弓不願回娘家的理由。

——親家母過世，你們居然隻字未提，我真的很驚訝。這種時候男人就得振作，可不能依賴女人的體貼喔。

——你自己也想想看嘛。如果今天立場反過來，是你母親不知道我或我先生死了。那樣子，我想對你們今後的夫妻關係也會有很大的影響喔。

——雖然是過年，但我們決定暫停慶祝直到女兒夫婦服喪結束。今天謝謝你肯來。

最近信好終於開始覺得，母親的死，其實也是給自己的一條路。如果弄錯該銜接的底片，少了哪個角色都不足為奇——時間久了他終於發現這點。

照師傅的說法，等到懂得欣賞早知結局的電影，那才證明長大了，早已知道的結局能夠持續欣賞一個月，才是真正的電影放映師。

老實說，妻子的娘家和岳母的個性，實在讓他無法欣賞——。

圍繞著美食和觀光的話題應聲附和就這樣消磨了半天。即便看著這樣的岳母，岳父依然穩重地微笑。信好覺得這真是一對不可思議的夫妻，但是如果說出口，紗弓未免太可憐。

想起返家途中一直努力不哭出來的紗弓，拿底片的指尖，幾乎失去知覺。他重新打起精神，以免專注力從指尖逸失。

甲田桃子現身放映室，是在信好捲完第六捲底片時。

甲田戴著黑色粗框眼鏡，頭戴翡翠色毛線帽。身穿白色毛海毛衣，破洞牛仔褲。如果沒有阿新充血的雙眼在背後炯炯發亮，他甚至沒發現那是甲田桃子本人。

「你好。我只是想跟放映師打聲招呼。打擾你工作了，不好意思。」

略帶沙啞的嗓音分明是她本人沒錯。幾近素顏的眼鏡裝扮，抹消了資深女星的氣勢，就算是昔日的影迷，在路上錯身而過時恐怕也不會發現。對那身讓人無法想像年齡的休閒服裝感到困惑的同時，信好也暗自譴責自己滿腦子只想起台詞和呻吟聲的黃色廢料。

「您好。今天請多多指教。」他連忙起身，低頭行禮。

她突然笑出來說「嚇我一跳」，信好不禁四下張望，以為周遭放了什麼可笑的東西。

「不好意思。因為我經常和外縣市的放映師打交道，所以會盡量先和對方打聲招呼。但我頭一次見到像你這麼年輕的放映師。」

「不年輕了，其實我已經四十歲。」

她驚訝「那我們是同級生」的表情中，倏然浮現華貴豔麗的氣質。那個在大螢幕特寫鏡頭中的女星又回來了。

「活動結束後，我聽說有聚會。屆時還要請你指點一下在札幌上映獲得好評的作品喔。」

在她毫無拘束的笑容牽動下，信好一口答應。

那就待會見——推開門讓她先走後，阿新留下賤賤的賊笑跟著離開。

現場訪談的舞台燈光，和阿新簡單討論後由信好負責。信好自己也覺得，學徒時代就是在這個電影院度過的，區區一場燈光小意思。至於音響，是在FM電台有個簡短介紹電影節目的由美負責。

去過紗弓的娘家後，流逝的時間似乎開始滑入種種疑問。無論寫劇本或替電影活動做志工雖說都是自己心甘情願的，但難免有點心虛。每當作業的手在瞬間停下，就會分不清那是紗弓母親說的話帶來的影響還是自己內心的迷惘所致，有點搞不清該責怪的順序。

這也是一種儀式嗎——這樣的自問，總是藉由自答暫時休戰。

可容納三百人的電影院，坐了一半的觀眾。雖然沒有利潤，但就非營利團體的活動而言應該算是很成功吧。主要還是因為《閃亮之海》當初上映時並未在札幌的多廳電影院放映，再加上後來參加海外電影節受到注目。在這個單廳電影院陸續消失的地方，昔日觀光客人氣第一的稱號也顯得有點單薄。不知自己正往哪走的，似乎不只是信好一人。無論景色或土地，都看不見該走的方向。

正式放映的期間，不用去想紗弓和她母親，乃至明天如何。甚至連精神專注的意義都脫離身體。即便如此，唯獨飾演主角兒時玩伴的甲田桃子出現時，信好的體溫還是略有升高。

電影演完的同時，阿新也來到放映室。

「三十分鐘後在居酒屋『五郎』開趴。兩小時無限暢飲，所以今天你一定要來喔。」

「等我把底片整理好可以歸還了，我就過去。」

「你每次都這麼說，結果每次放我鴿子。人家甲田小姐可是已經說過還想跟你聊聊，記住了嗎？一定要來喔。」

阿新說完，急急忙忙關門。信好深吸一口帶著放映機熱氣的空氣，默默將底片收回盒子。就算只放映一場，也絲毫不偷工減料，這就是今天最大的滿足。如果每天都能得到這樣的滿足，他覺得縱使生活窮苦也能甘之如飴。明知這正是自己的天真，但他索性豁出去依賴這種天真，藉此勉強支撐最後一點自尊。

收拾好放映室喘口氣後，肚子突然餓了。他自問這種想和甲田桃子呼吸同樣的空氣喝酒的渴望，難道沒有摻雜下流的念頭嗎？彷彿在問撫摸成人片膠捲的指尖有無邪念。好不容易鎮定下來確定「沒有邪念」時，才發現自己在無意識中撫摸收片盒。

信好抵達「五郎」居酒屋的開放式小包廂時，除了會計以外全體都喝嗨了。失眠的阿新滿臉通紅端著酒杯。順利完成會場總幹事的任務，讓他心情超好。靠裡面的位子正在和主持訪談的中曾根聊得投契的，正是剛才還在海邊的故事舞台扮演主角兒時玩伴的甲田桃子。她用左手指尖夾香菸的姿勢很老練。雖然今天是信好第一次看到大螢幕下的本人，卻有種見到舊情人的害羞。

桃子發現信好後，把香菸放到菸灰缸，招手說「這邊這邊」。信好只好一邊對著工作人員的背影道歉一邊跨過，沿著狹小的通道走近靠裡面的位子。素來溫厚的中曾根露出不甘願的神情。也不知是否感到信好的不知所措，他主動站起來。

「請坐。」中曾根讓出位子，改在桃子身旁坐下。塑膠製的單薄坐墊，傳來中曾根殘留的體溫。

她詢問他「喝啤酒可以嗎」時，唇間微微散發涼菸的香氣。兩杯生啤酒送來時，菸盒已經空了。那我們乾杯——女人的眼圈染上粉紅。頭頂半吊子照明度的嵌入式筒燈，在臉部形成陰影。近距離一看，她的眼尾至臉頰的確已有和年齡相符的皺紋。

被女人輕嗔一聲「別這樣」，信好才驀然回神。

「你這樣目不轉睛看著我的臉，我會難為情。」

「對不起。」

他朝某人拿小盤子替他盛裝的炒麵伸手。她嘴上雖說難為情，但是笑得擠出魚尾紋的眼部，頗有憑那演技重獲肯定翻紅的女配角的氣勢。信好吃完炒麵時，她「欸」了一聲把臉湊近。

「你們這邊的電影院，我的成人片全部都有上映嗎？」

「甲田小姐演的片子全都上映過。」

「哪部片子最受歡迎，方便的話能不能告訴我？」

信好拿不定主意是否該說真話。觀眾每場都在十人左右。也很不守規矩，幾乎都是A片出租錄影帶時代被淘汰的老年客人。

這些待在家裡也只會被嫌棄的老人，沒錢去賭博也無處可去，最後能去的地方就是專門放映成人片的電影院。而且地點若是在薄野風化區的電影院就會變成男同性戀約炮的地方。結果，由於沒有資金改建也賺不到錢，等到體力耗盡時就只好關門大吉。

吞吞吐吐之際等於大致上都回答了。問話的她蹙起眉頭一臉抱歉。

「對不起，明知答案還問你。」

她從背後的紅色背包又拿出一包香菸，淘氣地笑了。

「到外縣市工作時，有時碰上自己演的片子，我就會特開心地溜進電影院。沒有人會認出我，所以更開心了。」

屏風外傳來團體客的吵鬧聲。信好和桃子的對話，想必只有兩人聽得見。她把煙對著毛衣肚子一帶噴吐，然後又湊近看著信好的眼睛說。

「很久以前，大概是在東北地區的偏鄉吧，我發現一家很落魄的電影院，就走進去了。」

甲田桃子主演的《蜜．蜜．蜜》，一看就知道是低預算中的低預算電影。作品內容只有肌膚和聲音和音效，演員只有女主角和一個老人。信好思索這位女演員坐在鄉下電影院觀賞乏人問津的自家作品時不知作何感想。他想不出該說什麼，只好喝啤酒掩飾自己的詞窮。

「雖然沒觀眾，但我想到開演時間一到還是有人準時放電影，忽然就很想看看對方是誰。於是悄悄去了放映室。」

就在小電影院的小放映室，成人片的主演女星對著老邁的放映師一鞠躬。那是個滿臉皺紋的矮小男人。就在放映室昏暗的燈光中。當他發現突然出現的女人是此刻自己放映的電影女主角，他一邊留意不讓腦袋撞到機器，一邊深深鞠躬。然後哭了。

「就在那天，我決定退出成人影壇。」

她像《蜜．蜜．蜜》的電影情節一樣，抱住老人的身體，把那長年來不斷檢查底片細小刮痕的手指含在嘴裡。老技師嗚咽著繼續向她鞠躬行禮。

「因為電影正好演到那一幕。」

信好一邊暗忖她的敘述應該直接拍成電影才對，同時還在猶豫該怎麼回答。

略低著頭的她抬起臉。

「那位老先生如果還活著，我很想再見他一面。退出成人片影壇後雖然發生了很多事，但我想當面告訴他，我現在還繼續做這行。」

信好總算擠出一句「我想他一定會很高興」。她笑著說「但願如此」。無憂無慮的笑臉，幾乎吸引人深陷其中。

「聽說放映師在場，我本來以為或許是那位老先生。」

「這一行幾乎已經完全不被需要了。」

「我倒認為沒有不需要的工作。」

「是這樣嗎？」

「對呀，大家不都是熱愛電影的電影人嗎？最近我覺得，若是自己喜歡的那條路，老天爺肯定自有安排。」

「電影人……」他呢喃。

「對。電影人。」

散會後，目送她鑽上計程車，信好這才踏上歸路。耳朵深處不斷響起甲田桃子說的話。就像在看完美銜接不斷播放的底片。

他想像那個被突然現身放映室的成人片女主角舔手指的老放映師。光是這樣，一輩子都在那個電影院混飯吃的男人，幾十年的人生就已有了回報。那是一件工作完成，一個男人獲得肯定的瞬間。他祈求自己也想見那位老技師的念頭，並非無聊的感傷。

走出地下鐵車站時，口袋的手機震動。是紗弓傳來的訊息。

「今天一天也要結束了。我正在獨自喝燒酒雞尾酒。」

他撥電話。還沒響完一聲紗弓已迅速接起。

「我馬上就到家了。我想知道我那罐雞尾酒冰透了沒有。」

「當然冰透了。活動怎麼樣？」

「很成功。」

紗弓喜悅的聲音和甲田桃子重疊，流過信好的心頭。

結束對話，仰望天空，又開始飄雪了。雪花一片一片落下，彷彿要鄭重交付手中。

儀式嗎——他急忙趕回家。

對不起，我愛你

人行道的雪融積水都沒了。從南邊吹來的風，穿過街頭。

紗弓在兼差的夜間診所走廊被大浦美鈴叫住。

「不好意思，三月三十一日的夜班能否和妳換班？」

視線移向牆上的月曆。那天是週五。

「好，我想應該沒問題。」

雖說是夜間診所，但門診掛號時間只到九點半。真正緊急的病人會轉送大醫院，所以工作人員幾乎十一點就能回家。大浦美鈴如釋重負地向她道謝。

「其實，我先生那天要離職。」

她說早上想送丈夫到玄關，丈夫返家時她也想在玄關迎接。大浦白天在另一家私人醫院上班，是個五十歲左右的護理師。

「他從鄰鎮的市公所調過來已有二十年。一直在圖書館上班。」

這是在很少私下閒聊的兼差地點難得出現的對話。

大浦的丈夫今年六十歲，並未申請退休再任。民營化的浪潮襲來，據說丈夫幾年來天天忙著那項籌備工作。看到丈夫說「自己的任務終於結束」時的表情，她就沒有勸丈夫再次就業。

「圖書館從春天開始完全民營化，據說會變成純女性的職場。館長也是幹練的女性，業務好像也會大幅變化。幸好我應該還能再做幾年，而且也沒小孩。我想今後我們兩口子悠哉度日也不錯。」

夜間診所的員工，幾乎都是兼差的護理師。由於位在札幌車站前的大樓，除了具備翌日就能掛到總院門診的分院功能，基於地利之便也有很多下班後來拿處方箋的病人。

這是紗弓第一次和大浦聊私事。短暫的夜間兼職沒有休息時間，因此紗弓至今不知半年前來上班的櫃檯掛號小姐是未婚還是已婚。不用和人打交道的輕鬆正是她能持續這份工作的一大理由，但在人際關係的稀薄中，偶爾出現這樣的對話時，不可否認的是的確也有種莫名的歡喜。

大浦換下制服，未化妝的眼角鬆弛地笑了。

「從今以後，我想得由我來養活他了。」

二人都是十八歲出社會工作，丈夫工作了四十二年。從准護理師變成正護理師的大浦，據說也從未離開過醫療第一線。

冷風稍微比昨天減弱的歸路上，她思忖據說結婚已有二十四年的大浦夫妻。大浦在閒聊中提及的夫妻相處方式很平靜。對方未提及的許多問題，或許甚至沒出現在頂客族夫妻的日常對話中就這麼消失了吧。

紗弓反思信好和自己的生活。和大浦夫妻不相上下，同樣是平靜的生活。冷了就在一個被窩取暖，不時主動擁抱或被抱，偶爾偷偷哭泣，驀然回神已過多年。

她思考是否會再來一場春雪，同時仰望夜裡還是少不了羽絨衣的寒冷天空。她抬頭遙望路燈前方的公寓窗口。沒亮燈。信好今明兩天在日本海沿岸的城市放映電影。

這種放映電影的本職工作，一年頂多只有四、五次。饒是不善表達感情的信好，接到電影工作時也有點喜形於色。當他期待的工作落到其他放映師手裡時，他會努力寫劇本假裝自己毫不在意。

雖是蝸居，至少有個生活場所可回，這樣的感激，讓紗弓只要想起以前天天值夜班的日子就什麼苦都能忍受了。以前還在綜合醫院的內科病房時，就在她負責的病人接連死了兩人的某個夏夜，她遇見信好。

悄然斷氣的女病人，尚未失去意識時不知把紗弓誤認成誰了。當時紗弓不知道該把女病人留在耳畔的那句「我愛你，對不起」轉達給誰，正感到徬徨。如果老是為生命的脆弱心痛，不配做個成年人。雖然很清楚這點，但那時她是拚命支撐著幾乎不堪負荷的心過日子。

好久沒在信好缺席的燈光下，打量自己二人的生活。電視，小暖桌，三格收納櫃，冰箱，邊緣翹起的廚房地墊。每天看慣的每一樣東西，因為信好的不在，一點一滴失去光輝。在這樣的風景中，將來會出現孩子嬉戲的場面嗎？在迴避正視的情況下逐年老去，自己二人將來能夠不後悔嗎？

紗弓從三格櫃深處取出膠帶。剪下大約二十公分，黏成一個圓圈。掀起廚房地墊的邊角，把膠帶貼在地板。再把地墊蓋上。這是簡易速成的雙面膠。

——說得跟真的一樣。

二人在廚房時總會有一方在那裡絆倒。他們互相嘲笑，也沒想過修補，就這麼任由時間流逝。明知只要讓地墊不會翹起就行了，卻還能夠這麼放任不管，是因為沒懷疑過這種時間會長久持續。

然而，信好不知道紗弓的心因為丈夫的不在而不安動搖。用腳尖確認廚房地墊就算踩到或輕踢都不會翹起後，紗弓把膠帶放回原位。傍晚只吃了一個超商的飯糰。她嘀咕：也該感謝飢餓呢。之後，心情低落一公分。在自己不想獨處的時候還是只能一人獨處啊，這又給她補了一刀。越來越喜歡自言自語恐怕不是什麼好現象吧。

從冰箱取出發泡酒和蔬菜甜不辣。一個人的時候，頓時懶得花心思準備吃下肚的東西。反正幾乎不覺得有什麼東西好吃，只要能果腹即可。

電視上每一台都在播報今天一天的新聞。她喝一口酒，咀嚼甜不辣。殺人命案，指名通緝，火山噴發，地震預報，海底礦物——螢幕出現又流逝的文字，都是四字組合。

正在充電的手機開始震動，她慌忙看螢幕。是信好傳來的訊息。

「和本地活動主辦人去吃飯回來了。差不多該睡了。靠海的地方果然風特別冷。妳要小心別感冒。」

丈夫的平淡態度雖讓她鬆了一口氣，卻也有點好笑：人在海邊的信好居然特地傳訊叫她別感冒。喝完發泡酒最後一口後，甜不辣還剩一塊。她回覆訊息，又從冰箱取出一罐酒。光靠微醺睡不著。彼此無法肌膚相親時，她渴望相信信好也同樣寒冷。

「辛苦了。流感病毒還很猖獗，你要小心。要勤洗手多漱口喔。」

紗弓想像著在她不認識的地方，和她不認識的人，喝著她沒喝過的酒的信好。唉，無聊，無聊。話一說出口更覺無聊。她把手機又插回充電器。沒有繼續回覆信好的回覆。

第二罐喝到一半就覺得很苦。自己是否得意忘形了？她半帶反省地關掉電視。甜不辣也是，再吃下去恐怕消化不良。她看著桌上的紅色筆電。被關閉的世界，是紗弓無法進入的創作現場。

她早已隱約察覺，信好寫的影評和劇本，投稿後並未得到什麼好評。她也知道，無論是連續劇腳本，電影劇本，或者報名各種文學獎，一律都揮棒落空。丈夫此刻在漫長的隧道中，等到稍微看見出口時必然會帶來好風景——如此毫無根據地堅信的妻子就是自己。

誰知道呢。彷彿信好呼吸的一陣溫風拂過紗弓的脖頸。她一鼓作氣喝光罐中殘留的苦澀。眼睛深處發冷，眉心脹痛。

紗弓打開信好的舊筆電。開機後，或許是設定了自動鎖定功能，立刻出現桌面。很像怕麻煩的信好會做的舉動。劇本全都收藏在一個資料夾。紗弓不認識的那個信好好待的房間，入口就在這裡。和恐懼同樣強烈的好奇，以及無臭無味的嫉妒心，誘惑紗弓打開信箱。

早知道就不看了。會這麼想，是在資料夾發現女人的姓名時。悸動與敲鍵盤的指尖，裝作互不相干地前進。她不想推卸責任給酒精。更不想做低級的行為。她本以為自己二人都是不擅長與人來往的人，沒想到信好的聯絡人名單意外地多。這是信好在婚前就有的電腦。自己正在碰觸和紗弓結婚前的他，以及之後他的個人隱私——這個意識突然撩得側腹發癢。

要不要拿偷窺的罪惡感，和信好的罪惡感交換——。

毫無防備的畫面，彷彿在如此對她囁嚅。

她打開一封有女人名字的郵件，然後就再也停不下來。或許是電影圈的人，郵件提到活動計畫和集合時間。然後是一連串無關緊要的寒暄或問候。

下一封——下一封——。

驀然吸引目光的一封郵件異常簡短。寄信日期大約是半年一次或一年一次。

「信好君，最近好嗎？上次很感謝。能跟你商量太好了。」

「信好君也要朝著新夢想好好加油。」

「輾轉聽說，你的母親過世了。以你的個性，想必沒告訴任何人就自己默默承受吧。請節哀順變。」

這一封是目前為止的最後一封。

寄件人是「Hiroko takata」。

電腦照理說應該塞滿個人情報。但光看這封郵件，別說對方是誰了，連此人與信好的關係也完全無從得知。

信好替女人排解煩惱，還讓某人看到他朝夢想努力的樣子，最重要的是，「以你的個性」這一句顯現的親暱。稱謂從「信好君」演變到「你」的過程中，無法遏止的不安滔滔襲來。

此人輾轉聽說信好的母親過世，這表示他們有共同的友人或熟人。但信好從未回覆女人的郵件，也沒主動報告母親過世的消息。

紗弓看完這個「Hiroko takata」就不再繼續打開郵件。和信好一起喝酒時，只要兩罐就會像軟體動物一樣軟弱失控的身體及腦袋，在這個深夜，偏偏清醒得令人抓狂。

不過，雖然如此煩躁不安，紗弓還是不敢打開信好的寄件備份。

她打開自己的手機螢幕，重讀信好今晚傳來的訊息。

此人該不會是當地的活動主辦者之一？

「差不多該睡了。」

她不禁做出卑鄙的想像。偷窺丈夫隱私的後悔，以及做出無聊之舉的自責，因此產生的無謂猜疑，在內心逐漸膨脹。這晚，紗弓的腦子冷澈骨髓，徹夜難眠。

得知大浦美鈴辭去夜間診所的工作，是在四月的第二週。診所的醫師也是從總院輪流派來，所以據說也不知道詳細緣由。

「暫時好像只能由總院的護理師填補這個空缺。要辭職的時候，最好還是早點說嘛。」

紗弓說自己暫時沒那個打算，撇著嘴角的醫師聽了說，「能夠這樣是最好啦。」將椅子迴轉半圈。

那晚，紗弓硬是磨著掛號小姐問出了大浦美鈴的住址和電話。掛號小姐起初堅持個人資料不便透露，但最後還是屈服在紗弓「她還欠我一筆債」這句話。這並非謊言。大浦的確還欠她一個同意換班的人情。

那一週的週六中午，紗弓和要去「北方電影院」櫃檯值班的信好連袂搭乘地下鐵。在她猶豫是否要打電話給大浦之際，唯有時間不斷流逝。

想見大浦，是有原因的。偷窺電腦時的罪惡感與懷疑，並未隨著時間淡去。雖然告訴自己是因為太閒了才會胡思亂想，但是聲稱丈夫退休那天想在家等候的大浦，是紗弓現在唯一能夠想到的一線光明。

「妳今天有什麼事嗎？」

信好在地下鐵的月台問。

「嗯。夜班兼職的學姊突然辭職了。我有點不放心，所以想去看看她。」

雖非謊言，但也不是真話。自從發現年紀越大，這種粉飾表面的假話就越多後，每次都會乾澀地增添一道刮痕。沒有探訪十年後的自己之前，看不見明日的自己，所以才棘手。

「她生病了嗎？」

「我也不知道。向來都是三個兼職和總院來的護理師輪班，所以很少碰面。」

「很少碰面的人卻讓妳這麼在意，對妳來說很稀奇呢。」

每天碰面的人更令人在意——如果能夠這麼說出口是否會比較輕鬆？從日本海的城市回來後，信好還是老樣子。她忍不住在日常中尋找自己忽略的蛛絲馬跡，這樣的生活混雜了煩躁與疲憊。

距離信好下車的車站還有兩站。紗弓小聲問信好：

「欸，如果突然喊你阿娜答，你會嚇到嗎？」

「是不會嚇到啦，但可能會奇怪妳是怎麼了。」

「你會覺得奇怪啊。」

「突然改變稱謂，應該是蠻嚴重的事吧。」

丈夫的回答太正常，好像也因此顯得防備無懈可擊。

車上的乘客有八成都在大通車站下車了。新上車的乘客之中有一人站在紗弓面前。拎著小型漆皮皮包，穿著流行的靴子，明明還很冷卻穿單薄的絲襪和迷你裙。紗弓不禁抬頭瞄了一眼。大概二十歲出頭吧。油膩的瀏海緊貼額前，垂落胸前的髮尾分岔枯黃，發現這種和服裝的不搭調後，紗弓鬆了一口氣。信好不知是拿什麼眼光看待這種渾身漏洞的女人？她的意識自然而然轉向服裝。

頓時，自己的牛仔褲搭配襯衫、風衣、帆布包，變成無法融入地下鐵任何景色的不自在。

到了下一站，她猜想信好是否正一邊準備下車一邊偷窺年輕女人的大腿，於是悄悄往身旁一瞥。信好看起來毫不在意，她卻硬要尋找他不自然之處。

我到底在搞什麼——

往返在自責與後悔之間，讓她漸感疲憊。

「那我走了，妳注意安全。」

她目送信好神色溫柔地留下這句話就走出車廂的背影。如果丈夫有什麼肉眼可見的變化，自己是否就能稍微擺脫這種焦慮？只因為偷偷打開了來歷不明的女人寄來的電子郵件，紗弓發現了單薄地層之下的火山泥流。泥流，就是紗弓自己。

她從地下鐵西二十八丁目車站走上地面。這一站上下車的乘客都不多。她翻開寫有大浦美鈴住址和電話的記事本。從地址看來，走路大約十分鐘。距離白天上班的醫院並不遠，因此幸好她對這一帶並不陌生。

一看手錶，已經快要下午一點。正因為已來到附近，不免有點遲疑。紗弓自己的心若安定，想必也不會對大浦在意到如此地步吧。

週六的中午打電話，不知會不會失禮。若是自己——工作期間不會接電話，看到陌生的來電號碼也不會打回去。如果大浦不在家，她漸漸覺得那樣也好。為了給自己特地跑來這種地方的行為找個理由，到時候大手筆多買點好菜回家就是了。

紗弓替自己打氣後，毅然打電話。電話響到第三聲時，大浦接起了。

「妳好，我是之前在夜間診所的同事——」

對方沉默了一下才用帶著好意的高亢聲調「啊」了一聲。

「聽說妳辭職了，我擔心是不是身體不舒服。冒昧打電話來不好意思。」

紗弓從來不曾用這種理由打電話給外人。脫口而出的話語，自己都差點相信了。大浦說聲謝謝，接著又說辭職另有原委。

「給診所添麻煩了。對妳也很不好意思。對不起喔。辭職理由只說是個人因素，或許反而讓你們更混亂。是我太不負責，真的很抱歉。」

「哪裡，只要不是身體不舒服就好。倒是我該說對不起。」

紗弓老實招認是硬逼掛號小姐透露大浦的住址和電話號碼。斑馬線的電子音樂響起。大浦問她人在外面嗎，她說是。

「其實，我正好來妳家附近有點事，所以就——。不好意思，打擾妳和妳先生清靜過日子。」

「妳就在我家附近嗎？」

一陣帶有困惑的沉默。

「對，妳沒事就好。」

紗弓正打算說聲再見掛電話，大浦卻打斷紗弓的話，邀請她如果沒事不如過來坐坐。紗弓內心的泥流加速流淌。

她在以美味聞名的某麵包店買了一些點心麵包後決定登門拜訪。

看到大浦現身玄關，她說聲「待會請嘗嘗看」，把各裝有兩個菠蘿麵包和鹽麵包的麵包店袋子遞給對方。大浦家和自家夫妻住的公寓不相上下地狹仄。若說是女人獨居的小套房可能更貼切。

要是剛走進玄關時就發現該多好。這樣的話，就用不著進屋了。也可以說聲看到人就安心了然後直接離開。

狹小的房間靠裡面有張雙人床。床邊擺著紙箱。顯然正忙著搬家，卻沒看到大浦的丈夫。

「決定搬家後我就立刻辭掉夜間診所的工作了。白天的醫院也是做完下週就不做了。」

這屋子若要給夫妻倆悠哉度日的確太狹小，但還是有哪裡不對勁。這絕非結婚二十四年一直感情恩愛的平靜夫妻生活的房子。廉價的雙人餐桌和雙人床這種組合，首先就讓紗弓懷疑大浦說的話是否都是捏造。

雖只是直覺，卻非普通的直覺。內科病房有很多假裝幸福的病人。長期住院生活暴露的家中隱私，當護理師的人素來假裝沒看見，紗弓就是基於這種經驗才會這麼想。從大浦在第一線的幹練表現看來，她擁有豐富的護理師經驗這點無可置疑。但她的生活，恐怕絕對不像她描述的那樣。

在餐桌面對面坐下，紗弓的視線垂落在大浦送來的紅茶。或許是從紗弓沉默的態度察覺到什麼，大浦開口了。

「相處了二十四年是真的。他退休那天我想在玄關親自迎接他也是真的。不過，說他是丈夫是騙人的。」

和一個關係絕對不受祝福的男人能夠交往二十四年之久，她說，是因為有一份能夠自食其力的工作。

「能夠自食其力，其實是個陷阱呢。當我察覺這點時已經快四十歲了。我好像是那種被人哭求就招架不住的脾氣。雖不覺得吃虧，但也沒有因此得到什麼好處。」

她說把一切都賭在男人退休那天。有時覺得已經無法重來，有時又覺得還來得及，她說五十歲實在是個麻煩的年齡。

「主要也是因為對方沒孩子。我想，會拖這麼多年大概都是我一廂情願吧。我是今年過完年才知道，他太太早就知道我的存在。」

男人當時又哭了。大浦這才後知後覺地告訴男人。

——三月三十一日，如果你來我這裡，我就能全部忘記。

反正都是要分手，她說最後的最後還是想看到一抹微光。

——我會把跟你的種種，全部忘記。

結果男人沒來。那就是培育二十四年的樹木結出的果實。

「在那之前，我從來沒想過要一個答案。我只要有喜歡他的這個事實就足夠。但那樣的關係終究也有終點。」

她說那天在屋裡等男人等了一整天，等到深夜十二點過後，肩膀驟然垮下。

「驀然回神，才發現已是愚人節。想到四月的愚人正是我，忽然有點輕鬆。不好意思，一直講我自己的事。妳能來看我，我真的很高興。雖說要改變生活，但我忽然發現我連個報告對象都沒有，正感到驚訝呢。」

大浦笑了一下，用異樣爽快的口吻繼續說。

「妳買的麵包，我想跟妳一起吃，可以嗎？」

紗弓用力點了一下頭。

菠蘿麵包的皮起初散發酥脆的幼稚甜味，在口中溶解，和麵團混合著流入喉頭。無論男女，都不可能這樣嗎？

大浦笑著說，很抱歉講這麼悲慘的話題。紗弓遂問她要搬去何處。對於即將離開這屋子的她，這是個連餞別都算不上的問題。大浦回答要去離島。

「離島嗎？」

「我想去南方的島嶼四處走走，最後找個喜歡的地方悠哉養老。這是求職（SHUSHOKU）和人生終點（SHUMATSU）同時進行的雙SHU行動。」

哎，春天正是求職季嘛——這麼說的她，看起來一點也不落寞。大浦沒有為自己的謊言道歉，這是紗弓最高興的一點。

「妳要跟妳老公好好吵架喔。」

「吵架？」

「嗯，吵架。最好多吵幾次有理由的架。我覺得迴避不可避免的爭執並沒有好處。男女之間，理由明確且也知道最後結局的吵架，我認為多吵幾次都沒關係。」

紗弓覺得那可能是大浦首先懊悔的一點，因此也不敢深入追問。大浦說等安頓下來再跟她連絡，問她要信箱。紗弓把自己的電子信箱傳送到她的手機。

回程在地下鐵的樓梯口驀然駐足。因為她覺得就算生活安頓下來了，大浦恐怕也不會主動跟她連絡。這麼想的瞬間，她很想轉身跑回大浦的住處，腳尖都移動了。

但靜止數秒後，紗弓仰望天空。有種乾燥的砂礫氣息。那是春風吹過積雪消失的街頭帶來的氣息。

當晚信好返家時，紗弓在玄關先遞上一罐啤酒。

「幹嘛，這是怎麼了？有什麼好事嗎？或者是非常糟糕的壞消息？」

「沒事。今天喝個痛快吧。偶爾也喝點啤酒嘛。」

她和難掩狐疑的信好，在玄關口就這麼乾杯。

紗弓把丈夫脫下的球鞋併攏放好後，忽然想到：啊，就是這個！在大浦的住處首先感到的違和感就是這個。在那裡，缺乏生活氣息。沒有與男人同居的家庭會有的鞋臭味，也沒有汗水味，沒有邋遢凌亂的生活氣味。頂多只有男人上門，卻沒有男人回來。

「到底是怎麼了？」

她鑽過丈夫身旁，點燃放在暖桌上的卡式瓦斯爐。背後傳來一句：「不會吧！今天吃壽喜燒？」

「只是豬肉不是牛肉啦。」

信好嘀咕「這樣叫人怪不安的」，她催促丈夫去洗手漱口。

當她終於下定決心時，也已吃到八分飽了。她倏然坐正，切入正題：「我有話要說。」

對著露出「我就知道」的失落神情的信好，她低頭道歉：

「明知不應該，我還是打開了你的電腦。對不起。」

「這種行為很討厭欸。一點也不像妳的作風。」

「我不清楚怎樣才像我的作風，但你的郵件資料夾有很多女人的名字，讓我一時心慌意亂。」

「哪有很多。倒是妳那種客套的說話態度能不能改一改。」

「Hiroko takata 小姐是誰？」

不想錯過信好表情變化的念頭，和不想看的念頭，同時在心頭並存畢竟還是太沉重。她寧可相信是為了分擔這重量才同時出現。

「若要解釋，會變得很像說謊。」

「說謊也沒關係。」

那是拯救此刻的真心話，也是類似賭注的心情。

「如果妳能把聽起來很假的話當成真的，我會很高興。」

「那我得先聽了之後再考慮。」

哪怕是拙劣的藉口也好。此刻這瞬間，紗弓希望他能夠誇張地強調他更在乎她。她想擺脫那段完全不考慮積極向前的日子。她想了解他。

「Hiroko takata 不是女人。是大學時代很關心我的副教授。是個連孫子都有的大叔。他父親是知識分子，給他取名廣湖（Hiroko），令他真心感到困擾。據說他父親的本意是希望他成為一個像湖水既深且廣的男人。高田（Takata）說既然如此應該寫成廣海（Hiromi）才對——這是他常玩的自虐哏。不相信的話妳可以把我的手機收信匣和寄信備份全部打開看。妳也知道的，我最不擅長寫郵件，每次都是乾脆打電話。」

對自己不利的郵件八成都刪除了吧——這句話已到喉頭又作罷。至於郵件中的道謝，據說是因為對方說孫子想成為電影放映師，所以問他現狀如何。

「我告訴他現狀非常嚴苛。也告訴他這年頭已經不需要放映師了。」

紗弓直到這一刻才想起，這是個能夠把會被妻子打開郵件的電腦隨手放在暖桌上就出門的男人。

「有很多女人寄給你的郵件。」

「俗諺說『老公永遠不像老婆想的那麼搶手』果然是真的。」

「我本來就只是個平凡的老婆。」

「我也沒期望妳別的。」

似乎有點憤怒的聲音接著說的那句「倒是讓妳跟著吃苦受罪」，她假裝沒聽見，起身去廚房拿啤酒。踩到廚房地墊，已經不會再翹起了。

紗弓一邊留意不要吸鼻子，擠出滿面笑容把啤酒給他。

「對不起，我愛你。」

「怎麼突然說這個？」

用這雙眼睛，看著這句話前方可預見的幸福，紗弓再次開口，這次是緩緩告訴丈夫。

——對不起，我就是愛你。

修繕

七月的雜草是如何暴力地恣意生長，他做夢都沒想像過。

「我家也設法除過一次草，可是長此以往，彼此恐怕都會很困擾。」

一週前，住在老家隔壁的那對老夫妻中的太太打電話來，信好在電話這頭頻頻道歉。

失去阿照的老家，如今據說已荒廢得連院子的界石在哪裡都看不出來。老家其實沒那麼大，說是院子，也只不過是在大約一張榻榻米大的土地上種了兩三種上供用的花，其他地方都鋪著碎石子。

隔壁鄰居說，雜草越界長得茂密讓他們傷透腦筋。雖然當下無法想像，但阿照死後這一年來始終對老家不聞不問的自己的確有錯。

信好聽對方抱怨了將近一小時關於雜草非比尋常的生長速度，以及社區自治會的工作有多麼辛苦，空屋增加又是多麼不安全。他在掛電話之前已有了結論。

阿照死後，老家的水電瓦斯都停掉了。住在空屋隔壁的老夫婦，想必對雜草叢生的土地和屋主都很不滿，早晚都滿腹牢騷吧。

賣掉老家的日子終於到了。

雖是自己從小生長的家，但是比起感傷，他更在意如何設法解決鄰居的抱怨。閒置一年的屋子內部還不知變成什麼慘狀，他連想都不敢想，立刻打電話給房屋仲介商。

對方說會調查周遭狀況後帶著估價單來拜訪，轉眼過了一星期。信好想起剛才還在廚房的紗弓。告訴妻子決定賣掉老家後，妻子對此事不聞不問，今天也一臉淡定地洗鍋子碗盤。午餐吃的是「紗弓式茄汁義大利麵」，但是當信好問哪裡是紗弓式時，她露出惡作劇的表情回答，「把那坨麵條挖開就有半熟蛋。」

紗弓洗完碗盤後，說要去藥妝店就出門了。天氣不錯，她說如果興致來時還會順路去書店。對於比自己先失去雙親的信好，那正是「紗弓式」的體貼。

週六下午，重播的大河連續劇即將結束。馬上就到房屋仲介來拜訪的時間了。他抱著有點毛躁不安的心情，懷疑屋內是否積鬱午餐的氣味，連忙打開窗子。昨天還陰霾的天空，今早起床時已是淡淡的微藍。

天空也會有悔嗎？茫然佇立窗邊，只見天色和早晨一樣，有點雨要下不下的色調。微雲半飄過窗口時，門鈴響了。

太陽不動產的山本，是個比信好矮小一點的男人。做業務員這一行，臉色紅潤或許會給人安心感。對方沒有用流行的髮型或西裝來打點光鮮外表，也恰到好處緩解了信好的緊張。

他們在拿掉暖桌被子的桌前對坐。

「這次謝謝您關照敝公司。」

對方說估價單已經做好。查核土地和建築時，信好請對方按照賣出的行情來估算。山本不顯輕薄地適度挑起唇角說：

「我個人的第一印象是，應該能夠以相當好的條件談成這筆交易。」

他從印有太陽不動產名字的水藍色信封取出估價單，按照說明順序一一放到桌上。紙上是一堆陌生的數字。

「這是能夠盡快賣出的價格。根據那一帶的地價下跌情況而言，這個價格已經設定得很接近上限了。如果定太高，隨著時間過去也可能下跌得更嚴重導致更加貶值，所以這時設定比較好賣的價格應該會更划算。」

信好並不擅長這種交涉。見他默默盯著數字，山本的腦袋似乎一公分一公分地逐漸逼近。

「本公司也有很多客戶正在找房子。若您也同意這是在供需平衡下的適當價格那就太好了。」

對方是在迂迴暗示，並沒有客戶非常想要買這房子。

距離車站徒步十分鐘，四十坪，建坪率四十，路旁八米距離，屋齡四十二年，有地面建築。

仲介商該不會一邊對賣方開出不利的條件，一邊盡量在買方面前提出比較好的資訊吧？信好揮去這種疑念。他無聲地嘀咕，這是理所當然嘛。他繼續默默垂眼看著排列數字的估價單。

山本用異常慈悲的聲調說，「如果有什麼不滿意的地方，您可以儘管說。」

土地價格二百五十萬圓——。

賣出條件，更地[4]——。

適當價格——被對方這麼一說好像的確有道理，但賣出條件是更地令他耿耿於懷。他詢問這是什麼意思。山本點點頭，流暢地回答：

「土地也就算了，建築物本身無法訂定價格。即便就屋齡來考量，我們判斷為了買房子而洽詢的客層也極端稀少，因此在這種情況下，賣出時會特別強調是更地。」

「你們會把房子拆掉替我賣掉嗎？」

「只要找到買家，就會拆除房子。」

他問誰會買，對方回答那要看賣方。

「這是以『若是更地就買』為設定的價格。」

信好想起賣方就是自己。

仔細想想，眼前的男人是信好付了仲介手續費才來替他賣老家土地的業者。

就算土地價格二百五十萬，從中扣掉仲介費和更地費用後，還不知道能剩下多少錢落到自己手裡。他戰戰兢兢詢問男人。

「還得付一筆測量費，所以最後大約會剩下將近一百萬吧。也要看更地時負責動工的業者，但您如果沒有指定，由本公司代為斡旋也可以。」

將近一百萬——。

他無法立刻點頭。他對自己居然以為賣掉價值二百五十萬的物件時，那筆錢會一毛不少落袋的貧乏想像力感到錯愕。一陣難堪的沉默。被對方仔細觀察，讓信好總覺得渾身不自在。一瞬間甚至覺得這不是自己的家，他不禁從喉頭冒出語不成聲的苦惱呻吟。

彷彿要給信好的猶豫再補一刀，對方以幾乎發出摩擦聲的高速流暢回答。

「如果您難以決定，可以再找其他業者估價也沒關係。我想能夠給您的物件

4 更地：沒有建築物、未經整理的空地。

開出這種價格的，目前恐怕只有本公司。或許有很多業者嘴上開價起碼高出一萬，但我們有極大的自信從一開始就開出最誠實的價格。如果不動產賣不掉就這麼放置一年，光是這樣就得花一筆經費和稅金。我個人始終相信，起意想賣掉的那一刻就是黃道吉日。」

最後，信好還是沒有當場答覆。對方提出了近百萬日圓這個現實的數字，讓他瞬間看到自己夫妻將會如何花掉那筆錢。本來打算存起來當作將來換個比較大、視野較好的房子時的資金，但是這個金額不僅選擇不多而且根本不可能有滿意的結果。如今想來，打從一開始打電話時雙方就沒有在對話中提及金額。那是因為自己這邊抱著「不能讓對方逮到弱點」的想法，業者也留意著「絕對不說事後會落下把柄的話」。

「我要和內人再討論看看。」

山本毫無不滿，「請務必再討論看看。」說著還用力點頭。

「我們也打聽過住在附近的居民意向，本公司絕對秉持誠意努力替您尋找條件更好的買家，所以還請信任本公司。如果在網路或房屋情報雜誌刊登信息前就能找到買主，至少也能減輕彼此的負擔。」

鄰居那對老夫婦閃現腦海。但就算是他們買下來，也只會增加雜草叢生的場所。太陽不動產開出的金額，顯然是根據老夫婦「不買的意向」。

仲介商走後過了一小時，紗弓兩手拎著煮咖哩的材料和出租錄影帶的袋子回來了。二人一起煮飯一起吃飯。放鬆心情之餘，老家的價格依然縈繞腦海。

在他斷斷續續報告的過程中，咖哩煮好了。

「那你自己到底怎麼想？」

正在吃東西時忽然被紗弓直接這麼問，馬鈴薯頓時卡在信好的喉嚨。他連忙用發泡酒灌下去。

「我本來以為價格會更高一點。」

「我剛剛忍不住想像了一下，要賣掉從小生長的家，會是什麼心情。」

「什麼心情也沒有。大概是因為還來不及感傷就得面對嚴苛的現實吧。」

如果說出遺憾這個字眼，又會被紗弓體貼地安慰。他並不想讓她發現自己曾經有過的「如意算盤」，哪怕只是一丁點。雖不願在妻子面前矯情裝酷，能夠裝酷的對象卻只有妻子。信好可以對自己幻滅，卻討厭因此受到妻子的體貼安慰。

二人幾乎同時吃完，紗弓開始收拾盤子和湯匙。週六晚上的小小樂趣，就是二人一起盡情看電影。話題終於脫離房屋仲介讓信好鬆了一口氣，連忙問紗弓今天租了什麼片子。

「是有點情色的電影。」

紗弓回答。

信好故作平靜，一邊說著「我瞧瞧」打開出租錄影帶的袋子。紗弓為週末特地挑選的片子是《巴黎最後探戈》。

「這玩意不知該算是文藝片還是色情片。」

「雖然很有名但我沒看過。我在電影名片區找到的。」

「這是貝納多．貝托魯奇三十一歲時拍的傑作。」

他們改喝罐裝燒酒雞尾酒，調暗燈光，按下DVD的播放鍵。貝托魯奇電影特有的枯草色影像開始出現。

在某座舊公寓，死了妻子的中年男人和即將結婚的年輕女子邂逅，彼此沉溺於對方的肉體，同時內心卻在嘲笑那個過程。他覺得這部電影就是在描述由於直到最後都不知真心何在，只能隱約窺見一隅的真心會有多麼恐怖。

看到最後一幕，紗弓小聲驚呼「不會吧」，他摟住紗弓的肩。

「感覺根本不怎麼情色嘛。反而讓人反思很多。」

他覺得這時問妻子原本期待從片中看到什麼好像有點膚淺，遂問能否再喝一罐。紗弓從信好的懷中鑽出，走去冰箱拿了兩罐回來。然後又安穩地回到信好的懷中，低聲嘟囔：

「老房子或許也不錯。可以像電影裡的公寓一樣，享受自己打造空間的樂趣。」

信好直到紗弓提議明天去老家看看，才醒悟妻子在說什麼。

「很破舊喔。我不是帶妳去過好幾次嗎？已經擱置一年沒人管了，髒亂得簡直不能進去。」

萬一被鄰居老夫妻看到怎麼辦——這個念頭也閃過腦海。事實上，那正是他最擔心的。紗弓窩在他懷中反覆強調絕對沒問題。

「我以前就很喜歡那房子。可以理解婆婆住在那裡，肯定像是依然和過世的公公在一起。以前一起去超市時，我就隱約有那種感覺。她一直和公公在那個家廝守呢。」

「妳怎麼知道？」

「她不是每次都買二人份的食材嗎？」

聽說母親不看人數的大量購物和扔棄的食材都是亡父的那一份，信好頓感窒息。一年前未能替母親送終的事實，在信好的體內巡行。

有時覺得自己太不孝，有時又覺得那是頗有阿照作風的道別方式。這一年來，如樹葉簌簌搖動般浮現眼前又流逝的種種，如今因為要賣掉老家又在責備信好。

紗弓將視線移向片尾製作名單，肩膀靠向信好。

「欸，我們明天去看看嘛。」

「去了又能怎樣？」

紗弓停頓了一下說，「如果可以的話我想住住看。」

《巴黎最後探戈》如果是只知官能煽情的電影，就不會出現這樣的對話了。他大概會因為影像與情緒的刺激和紗弓做愛吧。而且像貝托魯奇使用的「跳漂白[5]」技術一樣，拚命留下快感的那層膜。過了彼此身體火熱的顛峰後，用電影的話題結束今天。

他甚至可以大談有種技術能夠讓彩色影像保有黑白片的印象，而且全世界首先使用那種技術的就是日本人這種冷知識，讓妻子驚呼「哇，我都不知道」，藉此自我滿足。

5 bleach bypass，沖洗時跳過漂白，讓銀留在影像上，增加影像反差。

然而今晚，紗弓看過《巴黎最後探戈》後說出的話，卻是想在那已經荒廢一年的老家「住住看」。電影裡的確出現老舊的公寓——妻子半帶決心的一句話，讓自己也無力招架。

「妳說得倒簡單。」

「我想應該不至於不可能吧。」

省下搬家費重新裝修衛浴設備，自己二人能做的就算多花點時間也要自己試試看——妻子這個提議，讓他更無法招架了。

「比方說我們自己貼壁紙，或者把鋪榻榻米的房間改成拼木地板。」

「這樣有趣嗎？」

「我光是用想像的已經覺得超級有趣。」

把DVD放映機關掉後，電視畫面切換回電視節目。

北海道的氣象預報——北海道全域都是晴天。「果然。」紗弓趁勝追擊。

「這是老天爺在暗示我們明天就回去把門窗打開透透風。」

他聽見妻子在他胸口發出的輕笑聲。信好嚇唬她：「那可沒有那麼簡單喔。」紗弓的樂在其中，好像漸漸填補了他的低落心情，讓他不知所措。

一年了嗎——說出聲後，他才嚇了一跳。

老家的平房直到和鄰居的邊界都被及膝的雜草淹沒。去年看得見碎石子的地方現在也成了草叢。一眼就能看出是空屋的建築，讓時間就此靜止，景色變得晦暗。

去年十月，信好趕在積雪前把家中簡單收拾。辦好停水停電的手續後就此放任不管。保持空屋的狀態過了一個冬天後，房子的牆壁油漆已斑剝脫落更顯寒酸。

在紗弓的提議下，他們帶了一盒點心送去鄰居家。現身玄關口的老婦人一看到信好，彷彿忘記之前在電話中的抱怨，一臉懷念之情。靦腆的笑容拋向鞋櫃上的貓咪擺設。

「你媽過世時，也沒幫上任何忙，真不好意思。虧我們做了這麼多年鄰居，那時真的很抱歉。」

「哪裡，是我有種種不周之處，非常抱歉。」

這種時候，他決定忘記阿照對鄰居老夫婦沒說過半句好話的回憶。他已經沒有那種母親說什麼就全然相信的純真了。

送上表達歉意的點心盒，老太太非常高興。他婉拒了對方叫他們進屋坐坐的邀請。他鞠躬保證今後不會再讓雜草的問題給對方添麻煩，老太太的眼睛頓時被笑出來的層層皺紋掩蓋。

聊什麼兒時記憶和父母的往事，這種內在情感的刺激，遠比拔雜草更煩人。和鄰居打完招呼，他不禁深呼吸。

老家的門比小時候更沉重。見信好開鎖後佇立在玄關發愣，紗弓對著他的背影詢問怎麼了。

把鞋子併攏放好，走進客廳。站在屋內中央，比想像中更臭。下水道、牆壁及地板浸染生活氣息，光是想到這種氣味是家人遺留的就覺得受不了，幾乎不敢呼吸。

早上起床時父親看報紙的地方，阿照每天看電視的場所——連惹惱父親的原因都忘了，偏偏卻還記得那天晚餐吃的是豆腐。他甚至想起來做家訪的級任導師報告信好的在校情況，說出那句「這年頭，光靠善良可活不下去」時地板的傾軋作響。

佛壇的門扉緊閉，矮桌折起桌腳靠著紙門豎立。五坪的房間是廚房兼起居室，還有三坪大的神明廳，玄關旁的二坪半本來是信好的房間但早就成了儲藏室。如今，光是想像裡面塞了些什麼都會渾身發癢。

他在考上大學的同時開始四處打工兼差，硬是咬牙開始獨居。對於父親和母親，他都毫無敬意。沒念過書的父親和彆扭頑固的母親。紗弓卻說那二人是死後還長相廝守的夫妻。他一邊暗想拜託別這麼自以為是做詮釋，同時卻又希望果真如此。

紗弓拉開窗簾，打開窗戶。平房照入細微的陽光。從終年昏暗的老家窗口能夠看見的，是鄰居院子茂密的松樹枝葉和杜鵑花。密閉房子的空氣開始流動，塵埃爭相飛舞。

牆壁和地板浸染的氣味，和二人的住處氣味截然不同。正因為不是外人的家，厭惡感更加萌生，令他坐立不安。

廚房裡，已經忘記怎麼發亮的不鏽鋼流理台黏附水垢和黑色霉斑。阿照生前懶於打理的家，只不過閒置了一個冬天就荒廢得宛如十年無人聞問。他一邊期待紗弓撤回昨晚的提議，一邊問紗弓：

「我不是說過了嗎？我們根本不可能住在這裡。」

「不會吧。」

去年就果斷扔掉牆上的月曆和溫泉街的木雕紀念品、洗衣機裡堆積的衣服果然是對的。他一邊這麼想，一邊又因此刻想不出該思考什麼的卑微感，不知自己究竟該往哪看才好。

就在他以為擺脫了惱人糾纏的牽絆之際。紗弓打開佛壇的門。

「妳到底想住在這裡幹嘛！」

看著轉過身來的妻子，他暗叫不妙。問話時不該語尾下沉。光是把辯解吞回肚裡已費盡力氣，他甚至想不出該說什麼話來補救。

「住下之後，再考慮。」

從這個答覆感覺不到絲毫陰霾的自己，肯定還不太了解這個女人。他蠢動不安的心情一隅又想，自己真的能夠在這屋子和妻子做愛嗎？麻煩的不是他人也不是紗弓，是信好自己。

「我倒是覺得賣掉了事最痛快。」

「你想讓什麼痛快？」

在信好無法給出妥貼答案的那一刻，他就已經輸了。紗弓背對佛壇轉身面對信好。

「我覺得這種獨門獨院的平房才是真正的奢侈。」

紗弓描繪的明日，輕易跳過了鄰居問題。信好就算察覺住在這裡可以節省一筆房租，也無法立刻說出口。況且——紗弓又說。

「我很想在你長大的地方住一次看看。」

紗弓說清除廢物的作業信好可以自己來。若是和紗弓，或許小小的意外狀況也能發現樂趣。拆下恐怕有蟲的地毯和榻榻米，除了佛壇之外的家具全部清除，再依紗弓所言重新貼壁紙的話——或許起碼可以住吧。

明明可以當下一口同意，可笑的虛榮心卻阻止他開口。結果信好在兩天後才答應搬家。

搬家的前夕，信好去老家做最後一次檢查。

公寓的東西幾乎都已在這三天之內整理打包完畢。但包括割雜草在內，就算從早到晚花上一星期的時間，也無法說老家的東西已經全部清理乾淨。剛開始作業時，他以為父母的東西除了佛壇和相簿全部扔掉就好，沒想到清理過程遠比想像中更需要氣力。他忘了每樣東西都有伴隨而來的回憶。

一如想像，玄關旁的二坪半儲藏間堆滿破銅爛鐵，光是檢查有哪些東西都嫌煩的舊衣服塞滿紙箱。他想像那些東西扔了舊的又來新的，稍微減少一點後又有生活痕跡繼續累積的情景。當他發現父母抱著幼年的他的舊照片時，那種彷彿觸及不可碰觸的時光似的罪惡感，也在繼續扔棄周遭各種東西的過程中淡去幾分。

從堆積如山的垃圾也可看出，父親過世後，阿照是如何偏執頑固地生活。晚年的母親，似乎對活著和死去都已完全失去興趣。

每週一次讓兒子陪同去醫院的老女人，生活絕對算不上幸福。但是若如紗弓所言，阿照在這裡繼續和死去的父親一起生活，那麼母親應該並不孤獨吧。

他想像母親為了買二人份的食材，四處尋找便宜貨，烹煮二人份的食物，並且大半扔掉的每一天。比起扔掉食物時的痛心，更堅持用買菜來否定死亡的那種頑固。想到失去伴侶的阿照之後也頑固地繼續二人生活，此刻眼中所見的褪色景色也恢復了原來色彩。

為了讓行李搬來後立刻可以展開生活，水電瓦斯都已開通了。廚房的熱水器也已訂購新的。信好還沒開口前紗弓就給他一筆錢用來支付各種費用，金額不算太多也不算太少，但她的私房錢肯定也有限。況且將來繳稅也得由她掏腰包。新家雖然老舊好歹是自己的老家，這點掩蓋了他的愧疚。

拋開麻煩手續和自尊後的煩惱是鋪磁磚的浴室。簡易鍋爐式浴室不僅是舊式的，牆壁地板都像層層塗抹油畫顏料般長滿霉菌。就算把窗子全打開除霉，還是距離清潔的標準很遙遠。

「要咬牙大手筆換成整體衛浴嗎？」

憑著這句話找業者來估價後，對方開出的金額連紗弓都沉默了。屋齡四十二年的建築，只會浪費拆除費用，毫無不動產的價值。一旦開始花錢整修恐怕就會沒完沒了。

這是新生活，此心安處是吾鄉。這幾天，紗弓就像念咒般如此反覆念叨。

幸好鄰居老夫婦似乎很喜歡紗弓。儘管看穿對方只是因為聽說紗弓是護理師，打算有問題時靠她照顧，她還是說，「做我這行本來就是這樣。」

結果他們決定浴室只換掉簡易鍋爐姑且將就一下，壁紙也自己重貼。把浴室的霉菌刮除，重新噴上噴漆。

扔掉磨損的榻榻米，鋪上家居用品大賣場送來的拼木地板，到此為止還好，問題是地板吱呀作響越來越大聲。他們只好又鋪滿厚厚的PU墊板，預期之外的花費又增加一筆。

「好像一切都是臨時急就章。」

信好沒有特定對象地嘀咕。他打開流理台下方的櫥櫃門，希望至少把廚房整理得立刻就能使用。隨即發出今天最大的一聲嘆息。

他以為鍋子全都扔了，沒想到這裡還有漏網之魚。燒焦的鋁鍋，舊的鐵水壺，想必是惡臭來源的瀝油器。他把這些雜亂堆置的東西悄悄轉移至垃圾袋。

鍋子，瀝水籃，不鏽鋼碗。那些東西的下方有個有蓋子的黃色鐵盒。破銅爛鐵堆中也找出幾個，都是鴿子奶油餅乾的包裝罐。他想不出父母有什麼朋友會送給他們這種鎌倉名產。每個罐子裡，都裝了不可能賣掉也不會有人買的手工藝品和舊鈕扣、針線。

連這種地方都有——

正想取出，意外的沉重讓他不禁鬆手。和罐子大眼瞪小眼數秒後，他猜想裡面八成是磨刀石之類的玩意，把罐子拖到地板上。就算是磨刀石也太重了。放到地板時響起匡噹鏘啷的金屬聲。起碼有五公斤重。信好戰戰兢兢打開鴿子餅乾的罐蓋。

——裡面全是五百圓銅板。

不知到底有多少。喉結上下蠕動之際，一陣摩擦的痛楚。母親請他吃鰻魚飯時偷看到的錢包中那些堆疊的硬幣閃過腦海。

他站起來，一口氣把寶特瓶裝茶水喝掉一半。喉嚨的乾渴絲毫未減。

衣櫃存款[6]這種說法倒是聽過，但是就算在阿照死去一年後，他還是無法相信她會是這麼做的人。望著眼前裝滿餅乾罐的五百圓硬幣，彷彿可以看見母親對這些一枚一枚儲存下來的硬幣也沒多瞧一眼就隨手扔進罐子的懶散模樣。

信好在房間中央鋪個垃圾袋，把餅乾罐搬過來。他盤腿而坐，二十枚一疊，逐一堆疊。其中不時還混雜百圓硬幣。

難不成——不，要冷靜。慢著慢著。

明明應該是心無雜念的計數，卻不時冷不防冒出真心話。

眼看那些一萬圓的圓柱體即將接近整體衛浴估價單的金額時，罐子也見底了。他一手抓起幾枚硬幣，忽然在罐底發現一張白紙。他把硬幣撥到左右兩邊。紙上的字映入眼簾。心口不及觸動感情已先竄過一陣痛楚。

「喪葬費」。

他呆然片刻後，忍不住說，搞什麼啊。

這樣子，搞什麼啊——

一年前，阿照死時自己都沒流過一滴眼淚。可是事到如今，看著母親為「喪

---

6 衣櫃存款：日本戰後出生的第一代喜歡把私房錢藏在家中衣櫃，故有此說法。

葬費」儲存的錢，他卻感到無法呼吸。

想到自己還抱著這筆錢或許能夠給妻子買一套嶄新衛浴設備的念頭，他窩囊地哭了。再加上彷彿長年被阿照無情的演技欺騙，他已分不清自己是難過還是高興。他用襯衫的肩頭抹去眼淚。

能夠道謝的對象已不在這世間。

也無處為自己的這種念頭道歉。

想修繕的種種，自心頭溢出。

男與女

走過花楸樹林立的公園旁。稍微抬起視線，秋天的星座便映入眼簾。

紗弓一一細數自己呼出的每一口白煙，在公車站牌站定。這班距離起站很近所以幾乎從不遲到的公車，在他們搬來信好的老家後，成了方便的代步工具。

當初提議搬來住的是紗弓。整體衛浴安裝好之後，一天的結束成了最大的期待。關於婆婆遺留的那筆私房錢雖不便深入追問，但最近打掃浴室也成了她最愛的家事之一。

——路上小心。

——我走了。

就連平凡的對話，聽來也和過去截然不同。再也不用擔心當初離家搬去公寓生活時的那種「生活雜音」。

即使鍋蓋掉在廚房地板上，也不用再為自己製造的噪音心驚膽戰。和信好交談時，聲音好像也漸漸變大了。在空房間堆放的紙箱發現整套喇叭也很開心。用上擴大機後，即便是電影的ＤＶＤ，震撼力也截然不同。

原本當作神明廳的三坪房間被他們貼上明亮的壁紙，放了床鋪。跑遍家具店好不容易才找到的床，是箱型的大收納家具。拆掉隔間的紙門後，和起居室之間放上藤編屏風區隔。看著布置好的寢室，二人說著「好像只有這裡是亞洲風情呢」不禁相視而笑。信好母親留下的老舊小平房，從夏末起成了二人的城堡。

不知該放在哪裡的佛壇，最後在廚房旁邊安頓下來。雖因來不及打好關係就天人永隔，導致每次合掌祭拜時都有悔恨自腹部底層緩緩浮現，但隨著在生活中習慣默禱，至少保住了最低限度的安定。

去老人病房部兼差值夜班的公車上，包括紗弓在內只有三名乘客。

她換好制服，和小夜班的同事交接工作。昏暗的走廊，不時有失智的病人橫越而過，每次護理站都會有人快步追去。

今晚紗弓負責的是戴人工呼吸器的病人，以及兩天前住院檢查的八十歲女病人。聯絡地址填寫的是老人安養院。

「這個人雖然有點行動不便，嘴巴倒是特別俐落，所以妳要小心。」

「我知道了。」

交接工作的同事歪頭不語，紗弓猜想恐怕是個難纏的病人。

定時巡房時走進「七重濱子」的病房。資料上寫著入院檢查，雙手雙腳疼痛麻痺，側臥。檢查結果尚未報告。

雖然做的是面對疾病和人的工作，紗弓迄今仍未習慣護理師的工作。就算可以和疾病相處也無法坦然面對人。如果用「個性不合」這種說詞來打發，過去的時光會變得更加沉重。她也曾迷惘地考慮過生活及天性等等問題，但就算辭職也不可能一下子變得輕鬆。

七重濱子的床頭燈亮著，蓋的毛毯下，左側腰骨突起。資料上註明要側臥。燈光下，她兩眼還睜著。

「七重女士，有沒有哪裡不舒服？要不要幫您翻身？」

「妳是新來的護士？」

「我值大夜班。請多指教。」

對方問大夜班是否每晚都是不同的護士，紗弓告訴她自己是兼職人員。

「那妳並不是每天都在這家醫院囉。」

「如果有任何不安請儘管說。」

「對不起，我不是那個意思。我自己可以翻身。雖然趴著時全身上下都有點痛，不過不要緊。」

她說手腳開始麻痺後就睡不好，嘆了一口氣。聲音並不含糊，說話也很有條理。紗弓說出「請不要勉強硬撐」這句固定台詞就打算結束巡房。

「等結果出來，就不用住院了吧。」

她用近似喃喃自語的聲調說。紗弓想起她的聯絡地址是安養院。是不是寂寞不安呢？這種有點脫離職業意識的想法，正是紗弓的弱點。

我有一個請求——

這句意外之詞，令病房的氣氛瞬間沉到底。之後又緩緩回到胸口的高度放鬆。

「您請說。」

她停頓一拍呼吸後說，「我想坐起來。」紗弓應她之請豎起病床的靠背。藉由彎曲如新月的脊椎和纖細脖頸抬起小圓臉的七重濱子，用搖晃不穩的手臂把床腳的抱枕拉過來。

濱子細瘦的手臂抱住抱枕支撐上半身。或許是剛從躺著變成坐起，一時之間不適應視野的改變，她眨巴著眼然後閉眼數秒。

「我手發麻，無法拿筆。妳可以代筆嗎？」

「代筆嗎？」

濱子保持幾乎倒向抱枕前方的角度頷首。

「只要把我說的話寫下來就好。」

紗弓點了一下頭，說她去拿紙馬上回來，就此走出病房。巡視呼吸器病人的病房，讓她深感生命的可悲。濱子還有想說話和聯絡的對象——這點似乎非常可貴。

把七重濱子的請求告訴大夜班護理組長後，對方回了一聲謝謝。

「我每次都在想，有妳這樣的同事該多好。」

無法滿足每個人欲求的每一天，醫療現場的氣氛也會變得尖銳。紗弓也有這種經驗。組長的一句話讓她士氣大振，把影印紙夾在檔案夾上回到濱子的病房。

濱子仍保持紗弓離開時的同樣姿勢，抱著抱枕在等紗弓。

「抱歉讓您久等了。」

「我還以為妳不回來了。」

對她而言今晚的值班護理師只有紗弓一人。紗弓在床邊的圓凳坐下，拿著檔案夾和原子筆說：

「我會把您說的話記錄下來，之後念給您聽。如果沒有錯誤，我再謄寫一遍。」

病房裡，開始響起濱子的聲音。

紗弓暗自驚訝她的聲音之清亮，一邊振筆疾書以免遺漏。濱子每說一句，會等到筆聲停止後再說下一句。可以看出她只是雙手麻痺無法拿筆，耳朵幾乎毫無問題。

先寒暄時令冷暖，接著表明這封信是請人代筆……濱子的聲音化為文字後，紗弓的心湖泛起漣漪。不帶感情的成串字句，逐漸轉換為一個女人的情念。其間感覺不到迷惘，由此可見同樣的內容濱子早已反芻過多次。

和田伸吾先生

秋風吹起，不知最近可好？

今天我的右手受傷，請住在我家附近的小姐代筆。我怕你看到筆跡不同會擔心，所以一開始先聲明。

即便聽著風聲，眺望天空，不時吹起海風鑽進屋內，我想到的都是你。季節更迭，總是帶來你的影子。

你總是非常溫柔。狂妄自大毫無女人味的我，只有你肯對我溫言軟語。想起從親近轉為愛意時的心情，迄今仍會全身顫抖。不知你可記得，當我弄錯進貨的件數造成公司重大損失的那一天。我被上司痛罵，誰也不肯靠近我時，唯有你寬容待我。

你說的那句「不用這麼拚命也沒關係」，讓我第一次在人前哭出來。我是家中長女，為了照顧多病的父母和年幼的弟妹不得不拚命工作，那天，我第一次懂得在別人的懷裡哭泣。

不時找我吃飯的你，是我和上司及同事都處不好，在公司逐漸遭到孤立時唯一的救贖。因為有你，我才能夠努力。

初次喝酒，初次共餐，以及初夜，如今想來仍歷歷如昨。那時你跟我說對不起，但你何必道歉。我過了三十歲才終於成為一個人，一個女人。繼續思念你，對我毫無障礙。

後來彼此都有點不好意思，有段時間都沒機會說話呢。當我鼓起勇氣約你吃飯時，你總是一再說對不起。沒發覺你的工作忙碌，還請你原諒。

見不到面的日子持續一陣子後，我被調往子公司。想到再也無法從文件後面看到你的臉，我傷心欲絕。後來，我不知有多少次走到你家門前，可我始終不敢按門鈴，徒然任時間流逝。

只要拚命工作，就能再調回總公司見到你——我抱著這個信念不知不覺熬到了退休。但這樣每月寫一封信，逝去的時間好像也和曾經共度的時光連結，讓我很滿足。

迄今我仍繼續期盼，或許一天結束時，你能稍微想起當日時光。我們燦爛光輝的日子，我相信一定能克服驚濤駭浪在他日開花結果。

今天，但願還能再次夢見你。也祝你幸福。

濱子敬上

信好看著正伏案謄寫信件的紗弓手部。

「妳用的那個，該不會是衛生紙？」

「嗯，拿來當信紙。是昨晚的病人請我代筆。」

昨晚敘述完所有信件內容後，濱子說著「請謄寫在這上面」交給她的，是一疊高級化妝紙。那疊未拆封的化妝紙，散發這年頭花花綠綠的抽取式面紙盒望塵莫及的「高級感」。打開一看，一張一張就像優雅的和紙。不過，那種單薄散發的關係，令紗弓陷入某種晦暗之感。

「這年頭，哪裡有賣這種東西？」

「大型藥妝店據說偶爾會賣。買不到的話好像可以訂購。」

濱子說，請她兩張疊在一起使用。她說這樣就能拿來寫信。因為一張太薄不放心——她並不是要指責男人的情意比紙薄，眼睛是真的滿足地發亮。而且似乎是決心在信中隻字不提對逐漸老去的恐慌。如果悲嘆年華老去，對她來說能夠再次和伸吾共度的夜晚只會變得更遙遠。

用化妝紙寫成的信，規規矩矩折疊好放進信封後也超乎一般厚度。蓬鬆鼓起的信封，和七重濱子放在膝頭的抱枕很像。念出地址時，濱子的聲音也沒有絲毫猶豫和遲滯。她說自己不會寫上寄信地址，只是每月默默寄信。

紗弓拿不定主意是否該立刻投入郵筒，是因為和田伸吾的住址同樣在江別市內。距離濱子住的安養院只有電車四、五站的距離。如果真想見面，並非遙不可及的距離。

紗弓把信封放進皮包後，和開始準備延遲的晚餐的信好一起下廚。新做的櫥櫃內，放著統一選用米色的塑膠碗和瀝水籃。掛著的湯勺和夾子是淺橘色。

驀然間，她思忖濱子的日常生活是否也有過這種色彩。信好以熟練的動作把義大利麵下鍋。用市售的醬汁混合罐頭番茄和炒好的絞肉。

儘管站在信好身旁，頂多也只是試味道和準備飲料，什麼忙都幫不上。即便如此，紗弓覺得還是比坐在桌前等待他做好的晚餐要愉快多了。

「要喝什麼？」

「香草茶吧。」

把洋甘菊的茶葉放進朱泥小茶壺。這是她從信好本想全部扔掉的老家餐具中搶救回來的用品之一。刷洗掉茶垢後，茶壺完好無缺，現出漂亮的顏色。

紗弓終究未能讓婆婆在生前打開心房。她思忖自己藉由每早在佛壇上供默禱，到底想逃避什麼。悔恨的入口寬闊，出口遙遠。

雖然信好勉強同意搬回來這裡——無論是濱子與和田伸吾，或者自己二人，男女之間有太多猜不透的心事。

叫她試味道的義大利麵醬，對信好而言有點偏甜。倒是很適合才剛小睡片刻的她。

「我放了一點砂糖想偷偷提味，但是好像有點甜。」

「『偷偷』提味也太明顯了。」

「放張CD吧。妳想聽什麼？」

她沉默了一下，說要聽安靜的曲子。信好挑選的，是某位據說獨立活動的女歌手的專輯。用鋼琴自彈自唱的歌聲，頗有聽故事的韻味。是那種彷彿抽離感情的歌唱方式。

「這搞不好是我第一次聽到。」

「這搞不好也是我第一次放。」

據說那是舉辦「電影和音樂之夜」這個活動時邀請出席的藝術家。

「聽完現場演唱後，好一陣子腦內反覆出現的歌曲全都是這個聲音。」

紗弓有一點小吃醋，一邊漫聲點頭。那是彷彿沿著平坦大道緩緩迂迴而去的歌聲。

還是今天之內投郵吧。萌生這念頭，是在聆聽專輯最後一首曲子時。紗弓不知還有哪個歌手能夠如此沉靜地歌吟「愛的讚歌」。

時間已是午後二點。紗弓決定去寄這封信順便買明天早餐吃的麵包。

洗完鍋子的信好說他也要去。

紗弓取出鼓鼓的信封，檢查是否已貼妥郵票。

「很厚耶。」

「因為信紙太軟。」
「這個地址，其實就在這附近吧。走路大約二十分鐘。」
紗弓反問了二次確認。雖知在同一個市內，倒沒想過徒步能否抵達。
看著信封，紗弓漸漸很想知道這個「和田伸吾」現在過著什麼樣的生活。對於濱子懷抱一輩子的唯一一段戀情，這個男人是如何看待，如何步入老年？拿著信封陷入沉思的紗弓，頭頂飄來信好的話。
「去超市的話可能要繞一點路，不過要不要當作散步走走看？」
「可以嗎？」
「偶爾也得好好走點路。」
她追上先去玄關穿球鞋的信好。
「謝謝。」
「這點小事用不著謝。反正我也要散步。」

紗弓決定把二人之所以在秋日午後聯袂步行歸因於聽了「愛的讚歌」。

她在毛衣外面套上大衣，信好只穿了牛仔褲和一件絨毛外套。問他不會冷嗎，他說「沒事」。她思索那種不帶感情的歌唱方式，以及聲稱歌聲縈繞耳畔久久不去的信好。

一旦開始猜疑丈夫的日常生活，便會發現渾身充滿了單憑「喜歡」一詞無法解決的情緒。打從昨夜，七重濱子未盡的情念就纏繞自己。平地雖還留有暖意，但據說山間已經下雪了。

「這個住址，真有那麼近啊。」

「說近是很近。不過如果沒事也不會去那個方向。」

剛搬來不久的紗弓，頂多只知道自己二人此刻正朝車站的反方向走。信好嘀咕，「以前那一帶沒什麼房子。」結果，紗弓直到佇立在門前才理解他這句話的意思。

信好與紗弓的面前，是寺院的山門。樹林前方是占地遼闊也有很多墓碑的寺院。略高處，大概是開闢道路砍去的森林遺跡。

「就是這兒嗎？」

「嗯，就住址看來應該是這一帶。」

她本想問會不會搞錯了，又把話嚥回去。她來回看著寺院門柱上的地址和信封上的收件人地址。地址完全一樣。

「就算不寫寺名也能送到，原來是這個意思啊。」

紗弓的腦海閃過一個念頭。和田伸吾該不會已長眠此寺？

西邊射來的陽光忽然陰翳。信好問：「現在怎麼辦？」紗弓一鼓作氣走進山門。

沿著柏油坡道向上走五十公尺左右，就是寺院建築。墨綠屋頂，白牆，鋪滿碎石子的正殿周遭連雜草都沒有。精心維護的寺院小門，是雙重玻璃門。

紗弓把在門柱前浮現的想像壓回心底，站在寺院入口。她祈求和田伸吾是住持，或者在此工作的某人。

也不知男人究竟是生是死——她把這沉重的心情向信好吐露。

「是否該去求證，恐怕又令人遲疑不前呢。」

紗弓緩緩拉開入口的門。混合線香及榻榻米氣味的昏暗正殿內，有寂寞又金光閃閃的神明本尊坐鎮。

「有事請按此鈴」。

紗弓把那當成毅然甩開猶豫的開關，按下呼叫鈴。

自門口陰影中出現的，是穿圍裙的中年女人。紗弓為貿然造訪致歉後，女人用有點含糊的溫柔嗓音詢問來意。紗弓不知該怎麼開口打聽，最後索性直接挑明了問。

「請問，這裡有位和田先生嗎？」

她為自己二人憑著一個模糊記憶的住址就貿然來訪再次致歉。圍裙女人露出訝異的神情後立刻又恢復笑臉，請他們到正殿內等候。

「叫我們進正殿耶。」紗弓難掩不安地仰望信好。信好面不改色，已經準備脫球鞋了。紗弓也脫下鞋子併攏放好，走進正殿。

這下子騎虎難下。她無法想像今晚回去後該如何反省自己莽撞的行動。驀然間，她想起濱子信中的一句話。

「流逝的時間也會和曾經共度的時光連結讓我非常滿足」。

老婦人溫存著那一夜的記憶即將死去。從她脊椎的彎曲程度看來，今後手部的麻痺也不可能有大幅改善。每次必須寫信時，濱子要委託誰來代筆呢？她想像在那被委託的地方，濱子又將如何成為八卦話題。

紗弓察覺自己除了信好以外不信任何人，不由緘默。

寬敞的正殿連有幾張榻榻米幾乎數不完，他們在靠近玄關的角落坐下。不是把這裡當作祖先廟的人，好像不可隨意接近神明本尊，她不禁惶恐地縮成一團。信好倒是沒露出什麼緊張的樣子，猶在感嘆欄間[7]的雕工精緻。

7 欄間：日本建築傳統樣式之一，位於天花板和拉門門框上方之間，形狀像窗戶，用於通風採光。

「你們好。」宏亮的聲音在正殿響起。

出現的是一名身穿作務衣[8]的僧侶。或許因為剃光頭的關係，看不大出來實際年齡。說是六十歲也可以，說是和自家父親同齡好像也能接受。長年念經弘法鍛鍊出來的嗓音宏亮，每當他開口說話，聲音就在整個正殿回響。

「我是這裡的住持，聽說兩位找和田先生。」

「住持先生不是和田先生啊？」

「不是，但我認識幾個和田先生。」

說完，僧人問他們要找哪個和田先生。

紗弓彷彿被追趕到無路可逃的死巷，硬著頭皮說出信封上的收件人姓名。

「那我很了解喔。」住持的嘴角放緩。

「若是要找和田伸吾先生，直接跟我說就好。若有信件我也可以轉交。」

住持道出濱子的姓名。

「我正在想她也差不多該寄信來了。之前每次都是郵差送來，沒想到今天換成年輕小夫妻。七重女士出了什麼事嗎？」

「是她委託我代筆。純粹只是我多管閒事。」

「替她代筆寫信後，想見見對方的廬山真面目也是人之常情吧。這沒什麼好責怪的。世間有些東西只能這樣靠時間去救贖。」

住持說，自己是以前濱子任職公司的新進職員。

「當時大家都在一個大辦公室辦公。如果有人挨上司罵，周遭的腦袋就會像波浪一樣跟著矮下五公分，我們那個辦公室人還挺多的。」

每次和田起身離席做報告，濱子就會傾身向前熱切追逐他的行動。據說他倆的事在公司人盡皆知。

「七重女士的人事調動公布的那天，我忽然很厭煩自己也得和周遭做出同樣表情。當時是我父親當住持，我就邀請七重女士參加家父主講的法會。對於將來

---

8 作務衣：寺廟僧侶打掃時穿的衣服，後演變為平民工作服。

會繼承寺廟的我而言，討好上司或周遭同事的眼光完全不重要。就算要講色即是空的話題，家父也很拿手。」

本該有很多收穫的青春時光，不應浪費在憎恨或責怪他人——或許是對這樣的說法心有戚戚焉，七重濱子聽完那場法會就平靜多了。

「她調職的那天，問我要寺廟的住址，我就告訴她了。」

濱子實質上是被總公司放逐，但她調到新單位後，每月都會寫一封信寄給這位住持。起初內容多半是「托你的福我很好」，過了一兩年後逐漸變化。她開始回想與和田的一夜，收件人姓名也逐漸從住持變成寺名，最後變成和田伸吾。

「寄給我們寺裡的信，就算寫那個寄信人名稱也照樣收得到。她曾寄一封信給我個人，叫我收到這些寄給和田的信不用拆封直接燒掉。一年十二封信，我每年都供奉在佛前。七重女士也知道。」

遁入空門的他，無論是何種形式，都不可能因執念而迷失方向——他繼續收七重濱子的信。

濱子當信紙使用的，是對自己溫柔以待的男人，在情事後溫柔替她擦身的化妝紙。

「和田先生現在怎麼樣了？」

紗弓的腦海閃過濱子彎曲的背脊。住持搖頭。

「那個應該沒必要知道吧？」

住持最後做結論說，男女之間有著無法填補的巨大鴻溝，因此世間眾生才會為試圖填補鴻溝而苦。信好就像被念叨的小朋友，在一旁微微點頭。紗弓深深一鞠躬。

「信就留在這裡吧。比起投入郵筒，心情想必會更輕鬆。」

住持叫她把因為邂逅濱子而背負的辛苦也放下。

隨著一年一次的供奉，即便一再被埋葬，濱子的愛也不可能終止。或許濱子只是想把這永不終止的愛向誰傾吐，如果這麼想，就不難理解她為何找紗弓代筆了。

縱使是不欲為人所知的事實，偶爾也有渴望被理解之時。耗費的時間，有時也會在不經意之間從那肉身洩漏。

走出寺院，他們在街燈下邁步。可以感到身旁的信好刻意配合她的步伐。日落後的街頭，籠罩星座圖樣的天幕，黑夜已降臨。

「買點麵包再回去吧？」

「嗯。」

有人得到回報，有人沒有，她浮想愛情值得歌頌的形式，卻想不出所以然。她渴望相信，二人無可取代的每一天也有「愛的讚歌」朗朗流過。

紗弓祈求，這個城市今夜有和風吹過。

祕密

半夜下起的大雪已積到小腿一半的高度。

堆到路肩的積雪甚至有一個成年人那麼高。街頭被天空和雪色一分為二。

從銀白世界的窗邊將視線移向信好，岳父略顯羞赧說：

「年關將近時，做父親的來女兒的夫家沒想到還挺難為情的。」

「不敢當。」

孤零零佇立在車站前的小酒館，遠比信好想像中寬敞。應該是兩三年前開業的吧。冷清的站前風景中，這家酒館就像戴在身上毫不起眼的一枚胸針。他和紗弓素來過著和外食無緣的生活。對方是岳父，也難怪會緊張。岳父點了午餐菜單上的手工製漢堡排，餐後飲料選紅茶。信好也跟他一樣。

「我想了半天該在哪會面，上網一搜尋，發現這家的午餐好像很好吃。幸好店內比我想像中安靜，還不錯。」

岳父在今年只剩最後十天的時候，主動打電話給這個難得見上一面的女婿說，「偶爾咱們兩個男人一起吃頓午餐吧。」信好意會，岳父的意思是不告訴女兒。

他選的碰面地點是信好住處附近的小酒館。雖然感到彼此之間無法填補的鴻溝，信好還是在除完雪後來到車站前。

「你們搬家我都沒幫上忙，也沒去新家看過，正覺得不好意思呢。」

「哪裡，真的不敢當。」

不知幾時他開始覺得岳父是個很有氣質的人。就一個沒搞錯體貼方向的男人而言，信好的功力依然差了紗弓的父親十萬八千里。他甚至覺得連不甘心都沒資格。

「今年好像雪特別多，冬天來得特別早。不久前還在吹電扇，轉眼之間已見到初雪。最近我對一年過得如此之快很是驚訝呢。」

岳父問他搬家後是否已經稍微安頓下來了，他回答「托您的福」。窗外又開始落下輕飄飄的小粒雪花。沒有風，因此今晚恐怕又會積雪。

送來的盤子附帶生菜沙拉和自家製酸黃瓜，把圓滾滾的漢堡排妝點得五彩繽紛。桌上有放刀叉及筷子的午餐用餐具盒。岳父拿開紙巾，從盒中選擇筷子。接下岳父遞來的筷子時，他差點又說出「不敢當」，連忙用力抿唇。

岳父讚賞這家店味道不錯，他應聲稱是。見面之後，信好幾乎沒有主動拋出話題或敘述過什麼。以前去紗弓娘家時也是。可以清楚感到紗弓是跟在此人身邊安穩養大的女子。

雖有老人斑但依然光滑的手背，想必是長年愛用的手錶錶帶，漿得筆挺的襯衫領口和毛衣，無論哪一樣都沒有逾越岳父的輪廓。聽說從大學退下來後，岳父就一再推辭再就職的邀請。

結果，他在食不知味的情況下結束這頓午餐。餐後送來的甜點，是巧克力蛋糕搭配自家製冰淇淋。終於在口中感到甘甜滋味時，岳父略帶顧忌說：

「之前你說在做兼職。」

「是一次性的，每月會有個幾次。」

沉穩的聲音緊追而來，

「我有件事想拜託你，可以嗎？」

「只要我做得到。」

「就是因為覺得你做得到，我才會拜託。」

被對方平靜地這麼一說，信好無話可回。他喝光紅茶，靜待對方開口。岳父的說話方式很像視野餘光飄落的雪花。

「我有個大學學弟，現在出了幾本電影方面的書。」

「電影方面嗎？」

「評論或研究之類，總之就是關於那方面。他叫做岡田國男。」

——此人的名字信好聽過。

聽說幾年前從東京移居北海道。每次策劃活動時都會邀請對方出席演講，但迄今尚未成功。

低調地介紹評論家後，岳父說，此人最近光是資料的收集和整理、稿子的謄寫以及吸收電腦相關知識都忙不過來了。手上還有幾個雜誌的連載專欄，所以想找一個助手。

當這人找岳父商量「有沒有認識什麼好人選」時，岳父立刻想起信好。自己並沒有被岳父冷遇。但是對一個讓獨生女扛起生活重擔的男人，若說毫無厭惡恐怕也是騙人的。否則反而是信好意難平。

小雪轉眼之間霏霏飛舞。沉默之際降臨的陰霾天色，一如此刻的心境。彷彿擲地有聲地訴說著陰天、陰天……逐漸變換景色。

信好很高興被認為是對電影有點熟悉的人。然而，跟在以評論和研究為業的人物身邊，他這手純粹靠「直覺和操作經驗」的放映技術，真的能派上用場嗎？他該拿自己這種明知是求之不得的工作卻無法坦然歡喜的卑屈怎麼辦？當下這種場合也不可能說「其實我放映成人片的時間更長」，他只是默默點頭。

「如果不願意，請你直說不用客氣。」

「這是我的榮幸。但願不會給您丟臉就好。」

他終於流露誠實的想法。在暴露自己知識淺薄的同時，也擔心自己的表現是否會令岳父蒙羞。

眼前沉靜的微笑飄向窗口，隨即又緩緩飄回。

「其實，我內人身體不太好。如果這件事能談成，我想她會很高興。謝謝。我自己也覺得對你提這種要求有點失禮。不好意思喔。」

「岳母身體不舒服嗎？」

「過完年要入院在循環器官內科做檢查。不是什麼大事，所以就沒告訴紗弓。那孩子從小就愛瞎操心，真是傷腦筋。我也很清楚多虧有你照顧她，所以你千萬用不著客氣。」

「是我該說對不起。」

岳父的眼神依然溫柔。信好不願這雙眼眸蒙上陰影，也不願做隱瞞紗弓的事，更不願再次發現自己是個對社會無用的廢物。窗邊堆積的一捧殘雪覆蓋了不甘的記憶。

「一直沒找到固定工作，很抱歉。」

岳父沉穩地拉長語尾說，「我可不是那個意思喔。」這樣的對話彷彿波浪一去一返。雖然波長相合，卻沒個了結。

店內的客人開始陸續離去。他向在收銀台付完帳的岳父道謝。等候斑馬線變成綠燈，從餐廳的簷下走出。毫無停止跡象的雪花，滑落羽絨衣。

「等我問了面試的詳細日期，再打電話告訴你。今天謝謝你。很高興能見面。」

「請您路上小心。」

對著穿過剪票口遠去的背影，信好再次深深鞠躬。身為男人，越發感到一輩子都不是對手，但是不自在的尷尬倒是比初見面時沖淡許多。

岳父拜託的另一個重點，是他說今天見面的事最好不要告訴女兒。信好一邊針對這小小的請求左思右想一邊踏上歸路。距離上班族下班回家的時間還早。走在杳無人跡的鐵軌旁，心情在懷抱一個祕密的期待與害怕之間擺盪。

那晚，信好在玄關替返家的紗弓拍去肩頭的積雪。

看著紗弓任由信好拍打羽絨衣的開心模樣，他不由愧疚。紗弓母親要入院檢查的事，以及今天和她父親共進午餐的事，他都說不出口。

信好一直以為自己是個更老於世故的人，所以很驚訝他們對自己的印象居然如此透明純真。羞愧隨著紗弓外套撣落的雪花一起落在玄關的脫鞋口地面。

不期然間，他察覺內心深處累積的東西原來是男人的恥辱。或乾或濕，忽凝忽溶，反反覆覆的感情，與岳父拜託他保密的事重疊。

面試當天，對於大雪不斷的北海道道央是個難得的大晴天。與岳父見面的三天後，信好造訪岡田國男的住處。許久沒穿的西裝外套有點緊。但是既然要面試，也不可能穿毛衣和牛仔褲。

據說以撰寫電影雜文和電影研究為業的岡田，住在札幌車站前一站出來往西走路十分鐘之處。是個才見幾棟新房子並立隨即開始零星出現老建築的住宅區。這一帶的積雪鏟得很乾淨，除非狂風暴雪，否則應該可以靠電車和徒步往返。

岡田家和信好母親留下的房子一樣古老。他被帶進客廳，客廳角落堆疊紙箱。岡田本人給人的印象大約五十出頭。笑著說幹這行絕對不賺錢的臉頰並無嘲諷之意，是個氣質有點超然的單身漢。

也帶點神經質，但是從他背後成排的書架可以窺知，那只針對某個方向。信好有種衝動想把架上成排書籍的書名從頭到尾一一端詳，同時也預感這次面試的結果絕對不壞。

當二人隔著香氣濃郁的咖啡在桌前對坐時，岡田說，「你什麼時候可以來工作？」他回答，「隨時可以。」為了不給岳父丟臉而緊繃的肩膀，倏然抽去力氣。坐鎮房間中央的老式煤油暖爐，散發令人懷念的燃料氣味。甚至給人一種錯覺，彷彿來到老闆開著當消遣的書香咖啡屋。

「聽說你是我學長的女婿。我記得他女兒還在念小學時，好像在同學會的活動見過她一次。湊巧上次有人針對另一個領域的問題找我評論，我想起學長的名字才打電話給他。他立刻快狠準地說出誰也不認識的女演員名字，把我嚇了一跳。我心想學長果然厲害。這次要找助手，也是當時順便拜託他的。」

「我岳父，說出女演員的名字？」

「欸——。」
岡田那聲「欸」拖得很長，開始目光游移。聲音拖著母音就此停止。
咖啡的香氣也在鼻尖靜止。岳父和女演員，這兩個名詞怎麼都兜不起來。
岡田慌忙站起。繞著椅子一圈，正要邁步走向書架時，或許是察覺自己動作的無意義，他說聲抱歉，整張臉擠成一團。
「所謂的女演員，其實是那方面的。」
「那方面？」
岡田一臉絕望再次坐下，半是沮喪地咕噥，「是A片。」信好以為對方剛才在附和的那聲「欸」，原來是A片的「A」。
「對了，你是自家人。這種事情家人其實用不著知道。」
岡田說，「可是他把女婿介紹給我，只能說，他顯然也認為就算有一天被你發現也無可奈何吧。」然後納悶地歪頭。
「是A片……女演員啊？」

「總之不管怎樣，都是我太輕率多嘴了。對不起。」

「我頭一次聽說我岳父在那方面造詣深厚。」

嗯——岡田的頭頹然向前垂落。然後吐出一口氣，保持環抱雙臂的姿勢一臉愧疚地扭動身子。說出口之後，似乎輕鬆了幾分。

「我每次都覺得那和他的教授頭銜落差巨大很有意思。每次見面，我都會忍不住問他，最近流行什麼樣的片子。從學長口中說出來就莫名地優雅，好像正從某種角度冷眼旁觀社會，有種定點觀測的趣味。」

岡田說，那不僅是岳父的祕密嗜好，也具備極為豐富的專業知識。哪個女演員拍過哪部作品，出道之作是什麼，哪部作品是告別影壇的最後之作，甚至連復出之作和對戲的男演員是誰都如數家珍。

「那樣必須每次一有新作就確認才做得到！」

他不禁脫口而出。岳父——或者該說身邊就有這樣的A片發燒友，讓信好十分震驚。明知信好一旦開始替岡田工作遲早會傳入耳中，還介紹他來這裡，岳父的真意究竟何在？

「確認新作固然如此，他對每個時代的作品傾向也瞭如指掌。那可不是一兩天的興趣消遣。我雖然也寫影評，卻還沒有涉獵廣及A片。我曾勸過學長，有這麼豐富的知識將來其實可以寫本書。」

「那我岳父怎麼說？」

岡田露出苦笑搖頭說：

「他回我一句，沒有能夠寬容此事的家人也是一種幸福。」

信好啞然。

他小心吐氣以免聽來像嘆氣。悄悄背著家人欣賞A片，收集女演員的資料，分析時代的傾向。單用「因為是男人」無法概括理由，其中自有誰也無法涉入、只屬於岳父一人的愉悅。岳父壓根沒想過要炫耀那些知識，那是可以讓他感到切實活著的聖地。

岡田問他要不要再來一杯咖啡，他連忙回答「好的」。

能夠做電影相關工作的喜悅，以及發現岳父意外的一面、彷彿在試探自己口風緊不緊的緊張感籠罩著他。他祈求內心堆積的祕密層千萬不要溶解。一旦放鬆神經，指甲尖恐怕會有溶解的東西流出。

工作是週休二日，週一至週五上班。工作內容包括收發工作相關的電子郵件及接聽電話、收集資料還有謄寫並整理稿件。

「除了這個破房子，我父母另外還留下停車場需要管理，所以表面上是停車場那邊的事務員。實際上，如果光靠我個人的年收根本雇不起助手。」

岡田說，只要當作是來陪他說說話就好，說這話時，岡田的臉頰浮現少年似的靦腆。他問過完年從初五開始上班如何，信好鞠躬行禮說「今後請多關照」。

「我聽說你原先是放映師，是在札幌的電影院嗎？」

「剛開始有段時間是專門放映日本國產A片。我沒告訴我岳父。」

岡田繃不住表情，豪邁地笑了。

「像這樣，感覺怪有意思的。如你所見我並沒有成家，父母也早已過世，就算想對誰隱瞞什麼祕密，還得先找到這麼一個對象才行。我深深感到學長說的那句話更有分量了。自由這玩意，其實也代表了無依無靠呢。」

岡田舉出巴提斯．勒貢特執導的法國電影《理髮師的情人》[9]做比較。

——人類光靠幸福活不下去，充滿貪婪的慾望。

自己今後哪怕只是一公釐也好，都得脫離「理髮師的情人」。

劇中令人印象深刻的女主角瑪蒂爾德那悲哀的台詞掠過耳畔。

——我只有一個請求。請不要假裝愛我。

聽過岳父的事情後，記憶中那句台詞的意味也變了。彷彿有誰在對他耳語：再這樣下去老婆會跑掉喔。至於理由，他害怕得無法思考。

找到工作為之安心的同時，將自己寫的劇本公諸於世的渺小夢想也從身體剝離。過完年，自己就得為生活奔波。岡田開出的月薪不及紗弓的收入。但他表

9 *Le Mari de la coiffeuse*，一九九〇年發行。

示，信好如果偶爾接到放映電影的兼差工作時，可以在合理的範圍內調整上班時間。

「雖說包含土地費的管理業務，但光靠我這裡的薪水，要維持生活想必還是有點吃力。如果你能夠靈活調整當然是最好。」

生活，這個字眼讓信好上半身猛然搖晃。雖然也可以一邊擔任岡田的助手一邊繼續寫自己的劇本，但他決定把這一天作為放棄的理由。

岳父不為人知的興趣，為了家庭美滿悄悄被埋葬，這個事實雖曾他讓一時有點感傷，但驚訝不知不覺轉為尊敬。

回程只覺身體異樣輕盈。能夠從事與電影相關的工作，而且替自己找到無法站到台前的藉口，一舉博得了紗弓和她爸媽的信賴。至於「北方電影院」那邊，想必得趕緊向理事報告自己找到工作。

這晚，他在廚房煎漢堡排，一邊向返家的紗弓報告面試結果。他選的絞肉是北海道生產的較高級牛肉。瀰漫的香氣令人忍不住想用鼻子追逐。他心想既然要做，乾脆模仿車站前那家小酒館，做成圓滾滾的橢圓形。

直到被錄取才敢報告不是短期兼職而是固定工作的這份小心翼翼，被他徹底掩蓋。他開始加熱法式清湯，紗弓把隔著毛衣仍能感到冰涼的身體靠過來貼在他背後。背後響起一聲「恭喜你」，聲音悶悶的。

「哪天開始上班？」

「初五。應該跟妳一樣吧。」

紗弓開始認真擔心該給他穿什麼衣服去上班。他說工作地點是岡田的住處兼工作室，起初必須不時讓岡田停手教他怎麼工作。服裝應該照他說的挑選方便活動的衣服就行了。

紗弓敲響放在廚房旁的佛壇小鐘。不知打算對過世的母親報告什麼，纖細的肩膀左右對稱的背影很嬌小。芥黃色的毛衣，是當初和信好邂逅時已經有的。清洗毛衣和熨燙棉襯衫都是她自己來，並非不重儀表的女子。這些年來她之所以連買件新毛衣都猶豫至今，罪魁禍首不是別人，正是信好。

「對不起。」

紗弓保持雙手合十的姿勢轉過身來。猝然聽到道歉，她露出懷疑自己是否聽錯的神情。或者，是沒聽清楚他說了什麼？信好拿不定主意是否該再次道歉，用誇張的動作把雞蛋打入另一個平底鍋。

元旦的札幌，陰霾的天空不時飄落粉雪。從四人一起替岳父和紗弓慶祝生日算來，這是時隔三個月的拜訪。基於伴手禮想必最不需要客套的理由，今天也帶了一瓶香檳。從最近的地下鐵車站走上地面，紗弓說不如走過去。

「今天據說是零下十度。幸好沒有颳風。」

對著白濛濛的吐息，他沒敢說天氣太冷還是坐計程車吧這種話。就算再過幾年，幸運地有生活安定的一天，膽怯的自己恐怕也無法對著妻子這雙眼眸提議奢侈地花錢。

紗弓似乎還不知道母親要入院檢查。她平日有沒有和母親連絡，並未向信好一一報告。他們在斑馬線駐足，白色吐息就此結晶墜落地面。雖然沒風，低溫卻凍得耳朵發疼。距離娘家還有一百公尺時，紗弓冷不防說：

「你找到工作的事，由我來報告可以嗎？」

「可以啊，不過為什麼？」

「不為什麼。哪，可以吧？」

他點頭，呼出的熱氣拂過臉頰。紗弓不在時他偷偷打岳父的手機，已經報告過順利錄取之事。這次的就職，二人說好就當作是信好自己找到的工作。和岳父共享這種內疚，也是錄取的重要條件之一。

「那就順其自然，按妳的意思去說吧。」

紗弓說聲「知道了」，微微左右晃動身體。這是她開心時，很好懂的習慣動作。

來到紗弓的娘家前，元旦莊嚴的氣氛飄來。最近門口懸掛注連繩這種新年裝飾的家庭也很少見了。由此似可看出守護這個家庭的男人的矜傲。

「走吧。」

紗弓朝門鈴走近一步。信好隨後跟上。緊張也沒用。調整淺淺的呼吸，對著現身玄關口的紗弓母親低頭行禮。

「新年如意。今年也請多多關照。」

「我們老倆口一直在等，看你們到底什麼時候才來。真是的，元旦拜年這麼麻煩，你們還不如除夕就留下來過夜。」

岳母說到這裡，或許是察覺自己還沒打招呼，慌忙邀請女兒和女婿進屋。

「哎，總之新年好。」

岳母看起來臉色紅潤，似乎也沒變瘦。信好知道不分時間和場合想到什麼就說什麼正是此人的特徵，因此事到如今倒也沒有太驚訝。

雖說只是入院檢查，但既然是懷疑有病才必須住院，對於唯一指望的女兒夫妻居然不聞不問，想必也有不滿。最重要的是，但願紗弓不會又傷心就好。和這個母親好好相處，是信好被賦予的任務之一。

關上玄關門後，岳父出現了。他在玄關口微笑，簡短說聲「你們看來氣色不錯」。聲稱最怕正經八百的岳父暗藏的祕密，閃過信好的腦海。究竟該在何時何地如何欣賞那些片子，才能保密這麼多年？岳父的那個嗜好牽涉大量的知識與解析、研究，甚至連專家也要咋舌驚嘆。

脫下外套捲起，在起居室入口屈膝跪坐。

「祝您新年如意。」

他比面試工作時還緊張，和紗弓一起低頭行禮。拜完年，紗弓把爽口不甜的香檳交給父親。走來的這段路，八成正好把酒冰透了。在溫暖的屋內，酒瓶猝然開始冒汗。

「唉，我餓死了。等你們等好久。」

母親遁入廚房。紗弓慌忙起身追上。起居室只剩岳父和他。信好尚不及猶豫該說什麼，話題顯然只剩下一個。他一邊留意廚房，一邊小聲簡短說：

「上次謝謝您。」

岳父含笑微微搖頭。表情很平穩。信好偷窺廚房，小聲囁嚅：

「媽看起來氣色不錯，真是太好了。」

「嗯，她每天都那樣。」

他什麼也沒聽紗弓提起。關於岳母的身體，那是信好不能主動觸及的話題。就在對話中斷時，岳母端著冷盤開胃菜從廚房出來了。緊接著紗弓也捧著放小盤、筷子、杯子的托盤出來。信好奉岳母之命開香檳。他有樣學樣的動作有點生疏，但在開心得兩眼發亮的紗弓面前，他不能失敗。

大年初一就吃烤牛肉冷盤，也是拋棄傳統生活方式活下來的本地人擁有的「標準作風」。從美好往昔的日本電影可以感到內地的生活文化，但是顯然過了津輕海峽就越來越淡薄。在人類居住之地其實皆有當地特有的舒適感。

信好留意著保持雙手穩定，慢慢將香檳倒入杯中。這是在超市能買到的最上等的貨色，但他沒有和紗弓單獨喝過。他喝了一口岳父替他倒的酒。的確爽口好喝。

他差點說出「果然和罐裝燒酒雞尾酒不一樣」，慌忙假裝低頭欣賞冷盤。

「偶爾也要盡情吃個飽。紗弓妳也得好好補充營養喔。我可不想讓妳爸爸看到自家女兒營養不良面黃肌瘦的模樣。」

紗弓沒有回嘴，拿小盤替大家分裝冷盤的菜色。

岳母的肆意開炮，長年聽久了或許會覺得很痛快。他忍不住想刺探岳父沉穩的表情背後隱藏的「安身之地」。

如果說岳父如此溫柔對待妻子，是為自己隱瞞嗜好的贖罪——。

不對——信好垂下眼簾。他覺得拯救這對老夫婦的，應該是日常生活中種種會錯意表錯情吧。如果說讓妻子愛怎麼說就怎麼說、想怎麼做就怎麼做是岳父的生活動力，那麼，那應該不是心虛，而是滿足吧？

互相替彼此倒了第二杯酒，信好忍不住仔細看岳父優雅的指尖。對於紗弓在這世上最尊敬的男人的手指，不知怎地，信好感到輕微的嫉妒。

才剛吃了一口菜，酒瓶已經空了。岳母湊近看著每個人的臉，「有年糕和蛋糕，你們想吃哪個？」她問道。

「妳爸爸也只能飽餐到今天為止喔。」

她的語氣一轉，隱含勸誡岳父吃喝之意。紗弓立刻放下盤子和筷子。

「媽，『只能到今天為止』是什麼意思？」

「妳爸爸過完年就要做膽囊手術。其實根本不能吃油膩的東西。但他非說什麼偶爾也想吃漢堡排，真是讓我傷透腦筋。」

「這是真的嗎？」

岳父露出裝傻的眼神，微微點頭。前幾天一起吃的午餐閃過信好的腦海。

「他說如果告訴妳又要讓妳操心，所以一直沒告訴妳。一年之計在元旦喔，老頭子。這種事就該好好報告才對。」

紗弓的眉宇之間轉眼籠罩烏雲。信好不知該說什麼只好保持沉默。剛才喝下的香檳好像會引發胃食道逆流。原來要住院的不是岳母，是岳父。而且不是入院檢查，是開刀。他思忖岳父為何要說出這種只要過完年就會拆穿的謊言。其中似有自己這種沒女兒的人無法理解的心情明暗。

紗弓問是哪家醫院。和她跟信好撒嬌時不同，此刻儼然是護理師的口吻。結果是紗弓以前任職的市立醫院。

「只有膽囊？」

護理師對自家人的質問，照樣毫不留情。岳母莫名驕傲地說：

「是我第一個發現的。」

岳父這才慢吞吞開口：

「沒有啦，只是覺得胸悶有點厲害。就算做手術也不會切開肚子，不用擔心。」

或許是能夠想像手術內容，紗弓簡短回了一句「是啊」。然後略為抬高下巴，又恢復正常聲調，「手術那天我會去醫院。」

找到工作的事，直到吃完年糕大家酒足飯飽之後才宣布。窗簾緊閉的電燈下，眾人都放鬆姿勢坐得很隨意。岳母正忙著打開單人沙發附帶的按摩器開關。

「哎喲，這麼好的消息幹嘛現在才說？」

「那當然是在等媽的話題說完呀。」

紗弓難得流露這種哭笑不得的語氣。彷彿徹底與之前雖然尷尬還是照樣流逝的時間切割，岳父笑了。嗓音宏亮。信好也跟著笑了。

不好意思——他邊道歉邊繼續笑。岳母不掩一臉納悶，不過似乎也不排斥這種氣氛。她說著「那真是太好了」關掉按摩椅。為信好的新工作舉杯慶祝時，喝的是岳母泡的濃郁綠茶。

被問到這份工作是否能長久，信好回答：「我會盡心工作。」岳母這個人，不會說反話，也沒有讓人必須深究用意的心機。信好想，紗弓或許其實很像她母親。總是勇往直前，眼裡只看到前方。他忍不住自問，長相和阿照酷似的自己，個性又是像誰？但是能給他解答的雙親都已不在。

給信好的心頭帶來一抹暖意的，是「守護岳母視野的，正是長年相伴的岳父」這個事實。

他期盼岳父做完手術能夠盡快恢復正常生活。至於現在，他只祈求岳父的祕密嗜好不會不慎露出馬腳。這輩子都只能不斷祈求不會被妻子或女兒發現。彼此對伴侶的心虛，替他和岳父今後的關係不斷塗上淡淡的色彩。

回家的路上，信好領頭走過因積雪變窄的人行道。緩慢前進的同時，他只希望自己的背部好歹能替妻子擋擋風。紗弓等到路面比較寬了，立刻和他並肩。

就在快走到地下鐵車站時，他對著妻子等紅綠燈的肩頭囁嚅。醉意照理說應該早就醒了，心情卻有點亢奮。

「我很喜歡妳爸媽。」

他從妻子欣喜仰望的雙眸移開視線。

「謝謝。這比聽見你說喜歡我更讓我開心。」

信號轉為綠燈。這才想起，今天，正是新的一年的開始。

這是不盡然只有寒意的冬季一日。

假日前夕

公園旁的白樺枝頭有嫩葉搖曳。

花楸樹的果實幾乎都在冬天被小鳥吃光了。四月的風，在微寒的同時也帶來初夏的預感。紗弓隔著公園圍籬看著家裡的燈光。信好似乎已經回來了。

父親術後恢復良好，再加上半個月後就是連續假期，令紗弓的心情也很輕快。電車內的廣告似乎也有點沉不住氣的亢奮。連假期間不管去哪都得花錢，而且等於是去參觀人擠人。她寧可避開觀光風景區，去附近的公共澡堂或去電影院，比平日過得稍微奢侈一點點就好。提議去站前小酒館的正是紗弓。雖然就在附近，平時卻不敢光顧。對這個提議起初興趣缺缺的信好，也在她第三度提議時點了頭。

彎過垃圾站的轉角。玄關門沒鎖。她抱著想哼歌的輕快心情開門一看，信好就站在玄關口。二人之間，站著一個女人。女人轉身對紗弓微微低頭行禮。玄關昏暗的燈光下，唯有那天真無邪的小虎牙特別顯眼。

「啊，這是你太太嗎？」

壞就壞在信好低聲含糊說的那句「噯」。彎過公園轉角時那種輕快昂揚的心情這下子徹底毀了，紗弓全身怪異地用力緊繃。

「久仰久仰，我叫森佳乃子。和信好是第一中學的同學。」

久仰——

察覺女人直呼丈夫的名字讓自己很不愉快，紗弓慌忙行禮。女人的淺色套裝裙讓她有點怯場，同時不禁望向台階上併攏的高跟鞋和纖細的腳踝。

「我叫紗弓，妳好。」

女人露出令紗弓不由畏怯的笑容。

「我兒子四月就要開始上這邊的中學，所以我們從札幌搬回老家。每次經過這裡，我都在想現在住的是誰。一看門牌上的姓氏相同，我心想該不會真是你。」

她的臉再次轉向信好，說著「對吧」徵求附和。彷彿撞上難堪場面的尷尬，顯然不只紗弓一人這樣覺得。信好搶在女人之前說：「那就這樣。」就此結束這個場面。

「啊，信好，關於剛才說的——」

「噢，那個倒是完全無所謂。沒關係。」

「那我歸還時可以再來打擾嗎？聽說你現在從事電影方面的工作我真的好開心。況且正好就住在附近。剛才你說星期天放假是吧。如果你不在家我會改天再來，不用特地等我。」

紗弓對含糊點頭的丈夫暗自惱火，一邊旁聽這段被女人單方面主導的對話。紗弓回來之前，這二人到底共處了多久？有多少講不完的話要敘舊？

「突然來訪，真的很不好意思。」

紗弓默默目送女人揮手關門。

她心情依然不爽地撂出一句「我回來了」。丈夫也回了一句半斤八兩的「妳回來了」。丈夫的動作一如既往，可是好像連那個也看不順眼了。

信好說他也是剛回家。看他開始洗手，紗弓思忖他有何必要洗手，不禁又開始惱火。她從旁伸出手，信好沒關上水龍頭，默默讓出位置。

一如往常的態度和動作——如果紗弓不主動開口，信好就默默準備晚餐。關於玄關口的那個女人，她賭氣地刻意不問。

洗完米裝了水，按下電鍋開關時，信好說：

「妳呼吸很淺。」

她帶著懊惱刻意深呼吸給他看。

汆燙菠菜，和切絲的油豆腐皮涼拌。豆芽菜炒豬五花肉用烤肉醬調味。期間，信好煮了豆腐味噌湯。二人一起下廚時，紗弓從來不會越過信好搶先行動，但是心情不爽時就不見得了。每次從櫥櫃取出餐具，那女人在玄關悠然微笑的臉孔就會浮現。

飯還要二十分鐘才會煮好，二人先吃涼拌菜和炒菜，各喝了一杯威士忌蘇打調酒。丈夫的荷包有了可以自由運用的錢，這樣的生活令她很開心。紗弓喝著事先買來的酒時，想起信好之前神色略帶苦澀。

「上班還習慣嗎？」

「馬馬虎虎。不過目前幾乎都是電腦文書和整理書架還有郵件。工作內容會根據老師的指示不時變動。」

二人一起出門，在相同時間回家的生活也已快四個月了。目前尚未脫離新鮮感。紗弓的夜班兼職在三月底就辭了。

信好說少掉的這筆收入他應該能補上。這句話，遠比結婚時更令她開心。開心之餘，也察覺原來自己之前掩蓋了真實心情。為了「等這麼久才等到這一刻」這個真心話而慌張，也已成有點遙遠的往事。

她打起精神，把剛煮好的飯捏成飯糰。能夠用海苔香味和味噌湯結束一天的美好，安穩保住了紗弓的每一天。把大約一杯米煮出的飯分別捏成一大一小的飯糰，迅速撒鹽用海苔包裹。晚宴備妥了。不痛不癢的對話也已說盡，一聞味噌湯的味道，心中的疙瘩倏然浮現。

「欸，剛才那個女的叫什麼來著？」

「她姓森。」

「說是你的老同學？」

「中學三年級的時候同班吧。」

「她要來還什麼？」

「她說以前向我借過一本書。」

據說她因長子升學搬回老家，整理房間時才發現，以前向信好借的書一直沒還。紗弓問是什麼書。

「她說是《雪國》。」

「川端康成的？」

信好的視線投向半空，緩緩歪頭思忖。

「我沒印象。」

對方說是中學三年級的時候借的，信好本人卻說毫無印象。既然不記得，那就直接這麼告訴人家不就得了。紗弓又想起女人那身體面的及膝裙裝。

「人家根本不記得有借過書，她卻說要拿來還，感覺怪怪的。」

沒有特別拒絕的丈夫，和一臉假笑聲稱還要再來的女人，都在紗弓內心以怪異的方式扭曲。

「看不出來她有念中學的小孩耶。」

「會嗎？」

「看她的穿著，還有那麼高的高跟鞋。」

「我沒仔細看。因為她來得太突然，而且講的話大概有我的十倍之多。」

「可是她說星期天還要來。」

「只是來還書倒是無所謂，應該也用不了太久時間。」

到時候恐怕不能不請人家進屋坐吧——惡意的言詞已衝到喉頭。

剛才如果紗弓沒回來——

就在她做出各種反感的想像之際，飯糰的海苔濕了，味噌湯也冷了。

接下來那三天，森佳乃子的身影一直在腦中縈繞不去。工作和生活明明都理所當然地平順度過，耳垂附近卻有無形的小小棘刺刺痛。

打開放有厚蛋燒和炒青菜及冷凍漢堡排和煮豆子的便當時，隨著信好的臉孔浮現，對時間逐步邁向「星期天」的憂鬱也如影隨形。雖然依舊生活節儉，但紗弓蓋上便當盒的蓋子，還是決定添置給客人用的餐具。

週五晚間，她在煮義大利麵的信好身旁一邊熱醬汁，一邊隨口說：

「我想買一套給客人用的咖啡杯，你覺得怎樣？」

「怎麼突然想到了？」

「就是為那種突然狀況準備的呀，我覺得那應該也很重要。」

「妳還對那天的事耿耿於懷啊。」信好低聲嘀咕。

「我以為應該是不用在意的小事情。就連她說星期天要來，也不知究竟是哪個星期天。我想那只不過是她的客套話，難道妳不這麼認為嗎？」

「你的老同學都已經表明要再來了，讓人家站在門口就回去才奇怪。如果只是要還書，那她直接用郵寄的不就好了。」

對方是女的所以才會這麼耿耿於懷。紗弓不了解的信好在腦海擴大，看起來優哉游哉好像挺開心的。

「總之不管怎樣，客人來時連一套咖啡杯都沒有也不好。」

「買來要放哪裡？」

信好的質問平靜卻尖銳。紗弓看著餐具櫃。兩三個盤子這種不上不下的件數，再加上二人的飯碗和味噌湯碗這些平常使用的餐具。不大的櫥櫃裡，根本無處可放置客人用的咖啡杯。

「既然是替突然上門的客人準備，應該放在立刻就能取出的地方吧？」

在這個家裡，有二人共同生活至今的時光。紗弓再次看到背後蔓延的不安。她從未具體想像過有誰會來到這個家。這個誰，不是整修浴室的工人，也不是來安裝廚房熱水器的業者。是對二人生活多少有點好奇的他人。

可是——信好轉頭看了一圈。

「對了，妳媽看到我去，總是用非常高級的茶杯或玻璃杯送上飲料。」

娘家的櫥櫃裡放著母親在百貨公司看中買下的陶瓷器各一組。母親根據當天心情挑選的餐具上，印有麥森或GINORI、Noritake、香蘭社的名稱。年輕時她對母親的虛榮不以為然，但此刻的紗弓心中想必也有類似的情結吧。

「那是我媽的興趣。」

「看到她用那種高級餐具招待我，雖然惶恐還是覺得挺高興的。」最後結論是如果只是一兩個杯子，或許能騰出空位放置。一直講客用咖啡杯的事，搞得丈夫心中已經開始準備邀請那女人來家裡了。

「不如我們明天就去看看餐具吧？」

「太貴的可不行。」

「總不能買百圓商店的貨色吧。」

對於丈夫這句話，事到如今也不可能反對。

週六，與札幌車站鄰接的百貨公司一開門就洋溢連假前夕的期待。入眼滿是春色。這是她過去沒機會和信好結伴造訪的場所。提議要來的人是紗弓。她抱著正面挑戰華麗氛圍的心情上樓去餐具賣場。

逐一映入眼簾的商品，幾乎讓她忘記自己身在此地的目的。為了明天或許會來訪的丈夫的老同學——就算勉強化為言詞，好像還是帶點找藉口的味道。

「東西好多，我都看花眼了。」

信好半是目瞪口呆地感嘆。一對年長的夫妻從二人身後經過。妻子走過後，留下高雅的香氣。

「我以前陪我媽逛街時，還沒什麼興趣。」

「想必也有個人嗜好或世代的差異吧。」

「老實說，我那時只覺得受不了我媽的虛榮。」

「那肯定也是擁有正常家庭的人，應有的禮儀吧。」

「虛榮和禮儀啊。」

自己此刻也在那種字眼之間徘徊。如果能夠輕易區分或理解，那當然是再輕鬆不過。無法輕鬆理解的，還有每個杯子的價格。一個馬克杯居然要價三千圓。

或許有一天會有人買走那商品，但紗弓毫無購買的意願。
她瞥向信好指著說「這個如何」的杯組，還沒看外型設計，視線已先掃向價錢。
八千圓（未稅）——
她拖長了那聲「嗯」，迅速望向其他的商品價錢。這是最便宜的。直線型設計。她把杯組的其中一個翻過來看底部。是德國品牌。她差點脫口說「買百圓商店的明明很省錢」慌忙打住。
「我們能買的範圍，已經很明確了。」
她終於察覺，荷包預算有限的人，不能只因為虛榮就站在這種地方。
「那我們還是去更實用的地方吧。」
午餐時段將結束時終於決定購買的，是堆在賣場角落不起眼的二客舊款式。下殺三折雖然很有吸引力，但真正打動紗弓的還是「平凡無奇」。骨瓷的潔白看似清新，設計也貫徹簡潔，不會給人留下任何印象。簡素得甚至讓她想留著自己用，以此作為心志之戒。

「吃點東西再回家吧？」

走進電梯的信好，按下美食街的那一層按鍵。

「要吃什麼？」

她假裝沒發現信好在鰻魚屋前停下腳步。

「去蕎麥麵店好不好？」

找到位子坐下，信好叫了兩杯燒酒兌蕎麥湯以及二份蕎麥涼麵。紗弓看著他，思忖支撐父母之間漫長時光的是什麼。昨日今日或明日，都是二人，相依為命的二人。

特地搭電車來到札幌，強忍對明日的不安這種滑稽——在內心煎熬始終找不到出口的思緒，被蕎麥湯兌燒酒沖淡。

「中午喝酒，後勁特別強呢。」

「嗯，但是很好喝。」

信好似乎沒察覺紗弓的心情，幽幽說道：

「我一直想和妳在蕎麥麵店喝這個。」

星期天下午二點，森佳乃子現身玄關。紗弓還是覺得，人來了不愉快，不來又會不安。森佳乃子妝容完美，穿著流行的牛仔褲和做工精緻的襯衫。

「哎喲，裡面是這年頭正流行的舊屋翻新啊。」

「要整修到能夠住可辛苦了。」

「以前伯母還健在時，曾經請我進來過一次。」

「為什麼——」

信好的問題，因她的視線發現廚房旁的佛壇被打斷。佳乃子小跑步過去敲鐘，雙手合十。

跪坐在桌前的佳乃子，問他阿照是幾時過世的。信好訥訥回答。

紗弓一邊燒水，一邊在廚房打開對方帶來的禮物。筆盒似的小盒子裡，二公分見方的生巧克力規規矩矩排成二排。

她取出放在櫥櫃上層的一客骨瓷咖啡杯。用濾滴式沖泡咖啡。信好用的是平時使用的杯子。

虧自己那麼在意咖啡杯，結果連一個點心都沒買。她在碟子放上一塊巧克力一起端上桌。信好的馬克杯旁，也放了裝巧克力的小玻璃碟。她在靠近信好肩膀的斜後方坐下。

「你太太真的好可愛。不好意思，我忘了妳的名字。」

視線移向紗弓的她，臉頰鼓得更高，端起咖啡杯。眼妝是紗弓最怕的那種濃妝。

「我叫做紗弓。」

「怎麼寫？」

「糸字旁一個少的紗，弓箭的弓。」

她在對方詢問下說出名字和出生年月日。佳乃子從身旁的皮包取出記事本，在翻開的白紙處縱向寫下姓名四字。

「我也會姓名算命喔。」

在每個漢字旁邊寫上筆劃數，姓氏和名字分別組合，畫上雙重圓圈和三角形的記號。

唉呀——佳乃子嘆氣。

「妳雖然非常努力，卻不擅長和人打交道吧？屬於那種自尋煩惱的類型？雖有浮沉起落，卻能憑藉內心的剛強克服。」

對方問起她未冠夫姓前的本姓，她含糊點頭敷衍帶過。

「妳不用跟我客氣。」

「不是客氣——很抱歉，我很不喜歡算命什麼的。」

佳乃子的眉尾垮下。露出同情的表情，雖然挺直腰桿卻不禁垂下頭。這時信好終於開口。

「我媽以前該不會也沒什麼興趣？」

佳乃子深深頷首，感嘆著「你猜得真準」。

「她就是這種人。」

丈夫不當回事的態度，難以判斷是否只是太遲鈍。

不到一拍呼吸的短暫沉默後，佳乃子終於從皮包取出一本文庫本。

「真的很抱歉，就是這本書。」

書或許有褪色，但傷痕不多。放到桌上後，她的指尖伸向杯子，正方形的生巧克力消失在她口中。

「紗弓小姐，妳是不是不愛吃巧克力？」

「我很喜歡，謝謝。」

信好拿起《雪國》。微微歪頭咕噥：「真是只會死讀書的中學生啊。」

「信好，我記得你從以前就很喜歡書籍和電影的話題吧。」

「是這樣嗎？」

「我可記得喔。你當時在班上也是有點老成的少年。」

「現在已經是飽經滄桑的中年了。」

「如果要這樣說，那我也是呀。」

佳乃子屢屢咯咯嬌笑，每次也會主動對紗弓說話。包括紗弓的父母住在札幌，信好的工作地點……她非常厲害地從做妻子的口中套出這個家庭的情報。

窗外有一群鄰居小孩跑過。佳乃子吐出一口氣，很感慨地說：

「以前四周都是田地，現在多了柏油路和新蓋的房子，感覺已是新世代了呢。我兒子居然念了我以前念過的中學，也讓我感到不可思議。時間過這麼快，簡直叫人跟不上。」

信好沒有接腔，只是望著手中的文庫本。隨即，再也沒有任何人的視線交會。沉默令她的聲音逐漸消失。

「回老家後我深深感到自己真的老了。沒想到我也會為父母和小孩忐忑不安，讓我有點驚訝。我現在，已經恢復單身了。」

她說著不知想起什麼，嚷著「對了對了」自顧著恍然大悟地朝皮包伸手。

「你們或許對姓名算命和塔羅牌都沒什麼興趣，但我其實也做其他的喔。如果不嫌棄，我把這份資料留給你們看看吧。有空的時候讓我跟你們說明一下。我相信一定能夠派上用場。」

繼文庫本之後取出的，是裝有廣告傳單的信封。

「這是婚喪互助會[10]。」

接下來她幾乎講話都不打結，流暢地滔滔不絕。紗弓見她終於露出目的，一邊附和，這幾天的緊張也隨之解除，不禁有點恍神。視線前方，是昨天買的客用咖啡杯。杯子彷彿映現紗弓的心事，讓她有點不自在。

為了將來有需要時——就在大腦快被森佳乃子這句反覆強調的話語麻痺時，信好開口了。

「知道了，謝謝妳。」

對話倏然中止。森佳乃子的表情毫無芥蒂。

「打擾你們難得的假日真是不好意思。不過，好久沒見到老同學，感覺也不錯。好像一下子重回十幾歲的青春時光。」

她告辭時，雙腳毫無發麻跡象地俐落起身。

目送她出門直到彎過轉角，紗弓與信好二人在春天的晚風中渾身發冷。

收拾桌面後，紗弓在廚房打開那盒巧克力。從規矩排成二排的巧克力隊伍拿起一顆放入口中。盒子裡就像拼圖的一角出現凹凸。鼻腔深處，有種高級可可豆的香氣。旁邊少了一顆的巧克力看起來似乎肩頭不勝寒涼。

難以忍受的寂寥，和甜蜜滋味一起滑落喉頭。甘甜與香氣，作為一種教訓留在紗弓心頭。的確，這玩意如果只有純可可，恐怕只有苦澀滋味吧。信好隨手翻閱桌上的文庫本。

「巧克力很好吃喔。你不來一顆？」

「那我調兩杯威士忌蘇打吧？」

10 婚喪互助會：為了替將來的婚禮或喪禮籌備資金，加入者每月預先繳納一定費用的互助會。

一起站在廚房，她看著信好在杯中放冰塊的側臉。小心翼翼倒入威士忌。從冰箱取出的蘇打水，沿著杯壁輕柔滑落。

「來吧，酒調好了。」

回到桌前，二人隔著桌角坐下。紗弓雖然深深反省自己心胸狹小，卻還是不想坐森佳乃子坐過的位置。她啜飲一口威士忌蘇打，模仿信好咀嚼巧克力。遠比剛才更豐饒的香氣和貪婪的味道在口腔蔓延。

喝掉三分之一杯後，信好長吐一口氣。

「我記得那個森佳乃子，以前就住在去中學的路上轉角的大房子。是三年級時才編入我們班。」

紗弓不知該怎麼接丈夫的話。

森佳乃子本來應該比信好高一個年級。拒絕上學一年後，重新編入的班級就是信好他們班。

「那時她比現在胖多了，而且好像非常文靜。」

全班對她注目，是在校慶園遊會時。當班導師指定她擔任合唱比賽的鋼琴伴奏時，據說她遲遲沒有站出來。

「被老師一再喊到名字，全班都開始竊竊私語時，她才一臉真的很不甘願地坐到鋼琴前。我們老師想必以為這是讓她融入班級的大好機會。可惜，那種一看就懂的招數，她並不領情。」

森佳乃子當時才剛在全國鋼琴比賽拿到第二名。至於長達一年拒絕上學的原因不得而知。老師打算把她這項班上無人知曉的特長運用在班級經營的企圖落空了。

「學校那台顯然沒有好好調過音的鋼琴，被她一彈奏簡直像她的個人演奏會。但她只是配合大家的要求，感覺倒不像是得意洋洋。最後大家都沒心思唱什麼比賽指定曲了，老師也愣住了。」

那次合唱比賽，結果歌聲被鋼琴壓倒，堪稱慘敗。至於她，又回到教室的角落。

「對了，她都沒有提到鋼琴呢。不過剛剛也沒機會問。」

信好拿起文庫本，翻到後面給紗弓看。紗弓湊近一看，最後一頁的版權頁映入眼簾。她不知道丈夫想說什麼，不禁歪頭納悶。

「這本書果然不是我借給她的。難怪我毫無印象。」

丈夫指的版權頁某一行印著「第一百三十二刷」。印刷至今不過十幾年。

「這本是我從中學畢業之後才印刷的。」

不知是寂寥還是悲傷，也不是憤怒，更不是安心。細膩的沙子，一邊削磨內心一邊簌簌滑落。刺痛的感覺難以忍受。

「她肯定是把我跟誰記錯了。」

信好有點得意洋洋的這句話，本是昨日之前的紗弓最想聽到的。她不禁脫口說：「才不是。」被這種假借溫柔之名的遲鈍傷到的不只是紗弓。

「我覺得你這樣太過分了。」

「我是真的不記得，怪我也沒用呀。而且看她那樣充滿自信地解釋，我只能默默聽著。」

那樣不叫做溫柔。

她想起透過森佳乃子感受到的過度遲鈍。信好與紗弓，想像彼此背後隱藏的「溫柔」。

「我覺得，她或許也有什麼隱情吧。」

姓名算命——嗎？森佳乃子說過的話再次撫過紗弓的背部。

屬於自尋苦惱的類型？

雖然沒說錯，但也不算說對。就像二排並列的巧克力，如果一側空出就會瑟瑟不安。就這樣。

這幾天，紗弓看到自己無法加工修飾的本質。那或許是女人就算真有什麼也必須隱瞞的本性。

「我覺得，有點——」

「怎麼了？」

「沒什麼。」

紗弓啜飲被冰塊稀釋的威士忌蘇打，輕輕將信好推倒在地板上。任由她擺布的丈夫，無奈地抬眼望向天花板，她緩緩靠近那雙眼。

男人的眼瞳，映出自己的臉孔。

理想對象

進入八月，氣溫天天超過三十度。

札幌市郊外住宅區的柏油路面反射的陽光也很刺眼。雖然很想吹冷氣，可惜岡田國男的工作室只有一台電風扇。由於是住家兼工作室，岡田睡覺時去臥室，信好早上來上班時就移動到起居室兼工作室。

岡田會親自泡咖啡迎接信好。剛開始上班時，看到雇主替自己服務難免有點不知所措，但察覺這也是岡田當成愛好很期待的時間後，信好就心懷感激地喝了。被問起味道如何時也會老實說出一句感想。

岡田在廚房時，信好打開所有的窗戶檢查紗窗，把固定風向的電風扇改成來回吹。搞定後一站起來，岡田桌上校對完的稿子頓時被吹得滿天飛。

「老師，離開稿子時請記得拿文鎮或字典壓著。」

「抱歉，我又忘了。」

信好開始擔任專寫影評及電影相關雜文的岡田助手，已有七個月。他急忙把七張稿子撿回來。順便撿起一兩個掉在地上的廢紙團，扔進垃圾桶。

地板與其說是拼木地板，更接近舊教室的木質地板。下班前拿魔布拖把拖地也是信好的職責。昨晚還沒有廢紙團。大概是信好下班後岡田又繼續工作。

撿起的Ａ４影印紙上，擠滿大約三張稿紙的文字。影印紙共有七張，換算成手寫稿紙約為二十張的字數。把手寫稿輸入電腦也是信好的工作。

撿齊散落的稿子放回桌上，壓上一本岩波字典。這是季刊誌連載的長篇電影雜文。

岡田的文章，如果以為溫潤無害就掉以輕心，不時會冷不防冒出一行刺人的文句。讀完往往忍不住思索這篇文章的風味究竟是甜是辣。岡田是個完全了解自己的武器該如何使用的寫手。親眼目睹他的洞察力，以及對電影作品的包容力後，單純的良窳之別也逐漸模糊。

對於一直持續寫作的信好而言，岡田的稿子有很多值得學習之處。

但岡田最近有點不對勁。

桌上的稿子被電風扇吹跑只是開胃菜。

工作室的牆邊雖然堆滿書籍和影像資料，不過這本來是一般住家的起居室，因此北邊有廚房流理台。信好剛來上班時堆積的整箱資料，最近好不容易篩選完畢，分門別類收到櫃子裡。這裡和廚房之間，有一套待客兼信好作業台的沙發茶几，但是七月中旬過後，岡田兩天就會撞到一次腳趾發出慘叫。把紙箱收拾乾淨後，工作室照理說只會變得更方便行動，岡田卻動輒就會撞到。

也曾因為咖啡豆沒了，信好來上班後才慌忙奔向固定購買的店。

交稿或聯絡公事倒是沒有出過問題。見岡田小腳趾撞到椅腳痛得蹲下，信好曾開玩笑說，「搞不好是身體的軸心歪了。」不過，看到岡田真的沮喪地垂頭，他也不敢亂開玩笑了。或許岡田有什麼心事吧，他只能靜待令人好奇不安的風吹過。

「老師如果校對完了，我就寄給責編。」

「等我重看一遍你再交。」

目前為止對工作和稿件內容並無太大影響。若說在意的，也只有岡田爽快答應的「北方電影院」主辦的演講。是信好特地懇求很少公開露面的岡田：「這是我唯一的請求。」

把杯子放在茶几，岡田在桌前的辦公椅坐下。信好用的馬克杯印著瑪麗蓮夢露，岡田的杯子印著竹久夢二畫的抱黑貓的女人。二者看似截然不同，但他漸漸覺得，每天洗乾淨放在一起的夢露和夢二的女人其實方向雷同。

「最近沒什麼不對勁嗎？」

岡田習慣微微歪頭。不只是發問時，講話講到最後往往會把頭往右肩歪。無論肯定、否定、打招呼、困惑時都一樣。

「停車場那邊好像沒什麼特殊狀況。」

今年春天，岡田名下的停車場曾發生失竊贓車被人棄置該處的事件，所以他以為是在問那個。

「不，我不是說那個。」

岡田吞吞吐吐含糊其辭的樣子，果然怪怪的。信好之前來面試時，這位老兄可是沒問問題就直接說「你什麼時候可以來上班」。岡田面對別人時，打從一開始就沒有所謂的不信任或猜疑心。這讓信好決定相信能被此人任用的自己，這樣的相處轉眼已過了半年多。

若說真有什麼不對勁的話——信好嘀咕，也沒太多顧忌就說：「老師倒是有一點。」說著喝了一口咖啡。

「我有一點——果然不對勁嗎。」

岡田的聲音漸低。發現他自己多少也有這種自覺，信好立刻挺直腰桿。

「因為老師最近走路經常撞到家具。」

岡田「嗯——」了一聲，把夢二的女人舉到眼睛的高度。

是因為女人嗎——

信好恍然大悟，因此更加慎選遣詞用字。岡田最近經常把他與信好的對話投射在稿件中。他要求好歹與電影有點關係的信好做的工作之一就是扮演「稱職的說話對象」。

「老師是不是有什麼心事？」

「不久之前，我去相親了。」

岡田的脖子又往右歪，視線垂落地板。

他意外乾脆地吐露的話，令信好不知該如何反應。仔細想想，岡田沒有女人才是奇怪。如果他想認識女人，機會應該多得很，他卻沒有積極和異性打交道。眼看岡田還在等他的反應，信好勉強能說的，只有一句「那不是很好嗎」。

原來岡田正面臨陌生的局面啊。也難怪岡田會在工作室撞來撞去，平日的規矩和習慣也有點脫序了。

「老師要結婚嗎？」

「我就是不知道。」

不是否定也不是肯定，語氣凝重表情也很僵硬。信好想說「如果不願——」又作罷。岡田如果是那種懂得耍心機讓女方主動先拒絕婚事的男人，信好想必也不會如此尊敬他的工作和人品了。

「有什麼為難之處嗎？」

「該怎麼說呢，我覺得對方是個親切的好女人喔。她只剩下一個母親，現在住在安養院。而且她母親現在好像一個月比一個月衰弱。」

「在這種時候，安排相親嗎？」

你說到重點了——岡田露出深得我心的表情，熱切地傾身向前。把夢二馬克杯往桌上一放，環抱雙臂。信好也跟著把瑪麗蓮夢露放到桌上。

岡田露出窺探似的目光，說話加快幾分速度。

「你太太是你當初的理想對象嗎？」

從岡田口中冒出這種話固然驚訝，但讓信好啞然的，還是自己被問到紗弓是否理想對象時居然沒有當下毅然點頭。

「突然問我老婆是否理想對象我也很難說。」

這不是夢露或夢二的話題，是現實中娶的妻子。岡田一轉剛才的氛圍，眼神認真地探問。

信好在啞然中，發現一件事。岡田年過五十還未婚的理由，如果是因為理想太高，那麼夢露和夢二也能理解了。

「老師，您該不會是在煩惱相親對象合不合乎自己的理想吧？」

他把「現在才煩惱會不會太晚」這句話用力吞回肚裡。岡田搖頭。驀然間，信好想起謄寫桌上那份稿子時。這次的文章主題正是「理想的女人」。察覺信好的視線，岡田用夢二馬克杯擋住自己尷尬的表情。信好想起岡田在文中熱切描述的女演員。「恕我僭越說一句。」他先小聲聲明。

「我無法立刻回答我內人是否理想，但至少，她並不是奧黛麗赫本喔。」

岡田嗯了一聲點點頭，視線朝桌上掃去，隨即又移回來。他問信好心目中可有理想的女性形象。不是問對象，而是形象，這點頗有岡田的風格。

「我沒有特別想過。」

做出被問到這種問題時大部分男人想必都會說的安全答案，內臟有點緊縮。

「不一定得是奧黛麗赫本或吉永小百合喔。該怎麼說，最好是那種就算年紀再大，毫不含蓄地大剌剌講話時還是很可愛的人。」

「大剌剌不行嗎？」

「我招架不了。可是如果對年輕美眉就能容忍那點所以才討厭。明明無意用年齡去區別待遇，但對於可能成為戀愛對象的成年女人就是無法太寬容。」

關於對待比自己小一兩輪的人較寬容，這點信好也多少可以理解。面對年輕女孩，信好大概也會同樣主張「我很安全」吧。雖然在強調自己到底哪點安全的階段恐怕就會露出馬腳，但那是常見的防衛策略。能突破卑屈這道障礙只有一小撮人。

岡田用夢二的杯子半遮住臉說：

「年紀漸長後，人會變得有點壞心眼。比方說對閃亮的事物有種不信任。」

「老師的相親對象，是那種大剌剌又閃亮亮的人嗎？」

「她在百貨公司的珠寶賣場上班，就某種角度而言是閃亮亮的五十幾歲。據說住在安養院的母親已經把她的長相忘得差不多了。好像也有藥物的影響吧。她說看著那樣的母親，就會很渴望身邊有個男人。」

這個追求新的邂逅，委託上司做媒的女人，據說初次見面就把自己目前的狀況和盤托出，眼神認真地說，將來登不登記結婚都無所謂，如果對現在的她還算滿意，就請跟她交往。

「那和所謂的相親有點不同。如果是要找不以結婚為前提的交往對象，像她那樣在百貨公司這種華麗職場工作的體面女人，我想應該隨便找都能找到很多男朋友。」

年過五十的珠寶賣場樓管主任，以自己沒有看男人的眼光為理由，委託上司介紹。上司雖對她開出的「對方必須沒結過婚，而且是自由業，興趣和友人不多」這種條件感到為難，但首先浮現腦海的人選就是以影評為職業的岡田國男。

「那種話，她毫不顧忌地就對初次見面的男人說了。」

「但我覺得，那和『大剌剌』好像有點不同。」

嗯——岡田有時會吞吞吐吐閃避回答。雖然看起來有點煩惱，但岡田應該對這個相親對象亦非全然無意吧。否則無法解釋他最近的失魂落魄。

「就算有那樣的苦衷，可以的話我還是希望她能夠含蓄點。真心話其實也是一種暴力。本來可以不用說出來的事，是我讓她覺得一定得說出來我才會懂嗎？」

之後對方提出的要求很樸素，一點也不閃亮。

——今後我媽將會徹底失智，我希望你在身邊陪我一起給她送終。

「結果，我們偶爾見面，去她母親住的安養院，聊聊電影吃吃飯就回來。」

照理說應該有更香豔的內容，但他說跳過了那一段。有時為了探知內心溫度，似乎也會錯失確認體溫的機會。信好試著想像對自己的判斷深感困惑的岡田和女人聊電影吃飯的樣子。信好的腹肌驟然無力。

「我想，那大概就是穩定的男女交往方式吧。」

理想云云的問題原來不是針對信好，是岡田在自問。只要搞清楚他失魂落魄的原因是「這樣子真的好嗎」，之後信好只要把工作室的家具都搬開，多騰出一點空間就好。

這天再次提起那個女人，是在信好把稿子寄給出版社，明天要用的資料也整理完正準備下班時。

「信好，她說想要四個人一起吃個飯。」

「四個人？誰跟誰？」

「你和你太太，加上我們兩個。」

往右歪的臉孔夾雜羞澀和尷尬，眼眸游移不定。信好等他繼續說。

「但我一直難以啟齒。我覺得早上好像搞錯透露消息的順序了。我應該先說這個才對。」

想到「四個人一起用餐」這件事縈繞岡田腦海有多久，信好也不好再遲疑。

「我想內人也會欣然赴會。」

難以啟齒的這句話，到了傍晚從岡田轉嫁給信好。一個月前改至住處附近某私人診所上班的紗弓，由於少了兩成收入，正絞盡腦汁開源節流，試圖節省比以前開銷更大的生活費。信好開始工作後應該多少也存了一點錢，但她的錢包還是捏得很緊。

如果四人共餐，多少得出點血表示心意。信好在車站月台吹著汗臭味的風，一邊想起錢包的內容。

中元節前的某個非假日晚上，四人一起用餐。

即便到了傍晚，戶外的氣溫還是超過二十五度。酷熱難眠的夜晚雖然只有半個月，但作夢也沒想到會在這種季節圍坐在百貨公司內的大阪燒餐廳鐵板前。

岡田身旁的女人將圓潤的雙手交疊在胸前，很高興四人共餐。這間餐廳也是她選的。那我來鄭重介紹——岡田有點獻殷勤地介紹她。

「我是大村百合。就在這家百貨公司的珠寶賣場上班。今天硬是拉各位來吃飯真不好意思。很高興能見到你們。」

說到後半段時，她的視線鎖定在紗弓身上。信好在腦中反芻「大村百合」，暗自恍然大悟。岡田說的那句「不是奧黛麗赫本也不是吉永小百合」閃過腦海。此人的五官都很大，但妝很淡，整體給人一種渾圓的印象。聽說她在賣珠寶本來還有點擔心自己二人太寒酸，但她的胸前和手指都沒有配戴首飾。簡單的白T恤搭配淺藍色開襟外套。

她坐在虛弱又神經質的岡田身旁，光是這樣就有種觀賞男女的歲月累積或一對擺飾的賞心悅目。無論她的年齡或外貌，都散發穩重感。最重要的是，可以感到怕生的紗弓一下子就被她的包容力吸引，信好不禁鬆了一口氣。

「百貨公司的珠寶賣場，我總覺得只有某些人才能去。」

「幾乎所有的客人都是說來欣賞，繞個一圈就面帶微笑走掉了喲。歡迎你們隨時來參觀。」

外面是炎夏，他們卻在冷氣強勁的店內圍坐在鐵板前。他們喝著威士忌蘇打吃煮牛筋和厚蛋燒，一邊等待大阪燒煎好。信好想起對方告知店名時，自己如釋重負。被「消費金額應該沒那麼高」的預感拯救的同時，也想起四人何以會一起共餐的原委。

大村百合開出的相親對象條件為何會有一條「興趣和友人不多」？他一邊思忖，一邊在針對買不起的珠寶東拉西扯的紗弓身旁吃牛筋。二個女人的對話，被喧鬧包圍。這樣遠比在安靜的餐廳使用不習慣的洋餐具更自在。岡田也啜飲威士忌蘇打，對這樣的時光頗有幾分自得。

「自從聽岡田先生提起後，我就一直想認識兩位。聽說妳先生在寫電影劇本。」

紗弓沒說話，他只好接腔回答只是個人興趣，玩票性質。

「是以現實生活發生的事情為靈感嗎？」

「不，也沒有特別這樣。畢竟我只是門外漢，所以寫出來的東西也不好意思獻醜。」

點了第二杯威士忌蘇打的岡田插嘴：

「我倒覺得你上次投稿報名的那篇作品已經很不錯了。」

紗弓把臉轉向信好。信好沒跟她提過投稿的事。他雖透過岳父的介紹找到工作，卻仍未放棄夢想的尾巴。他可以告訴雇主岡田，為何讓紗弓知道卻會如此不自在呢？

「是嗎。」

他語尾含糊，一口喝光威士忌蘇打。第二杯送來，店員把兩片鐵板上的大阪燒翻面。信好的心情也以同樣的毫無防備來個上下翻轉。總覺得對面射來的視線熾熱。紗弓又向後靠回椅背。

岡田或許是想炒熱氣氛，連說了兩次「那篇很好」。百合兩眼發亮，追問寫的是什麼內容。二個男人各自懷抱性質截然不同的尷尬。信好不能逃避責任讓岡田繼續代為說明。

「只是寫一對高齡母親和獨生子的無聊日常。」

他一邊反省「無聊」二字是否太多餘，一邊在意紗弓的反應。正確說來，是高齡母親和獨生子以及媳婦的故事。光是被紗弓知道自己還在繼續寫劇本投稿，今天就已經到極限了。之後只想回家平平安安度過，沖個澡睡覺。紗弓不知情的事岡田卻知道，果然很尷尬。信好一心想著該如何結束這個話題，這時紗弓在旁發話了。

「我覺得不錯。」

「我也是。」

輕柔籠罩全場的聲音，或許就是大村百合的魅力吧。

對於自己慢半拍的逃避，連自己都很失望，再這麼磨蹭下去又會有小小的恥辱不斷累積。紗弓對百合那種反應的欣喜，讓信好有點不安。二個女人互視對方，彷彿找到組織似地穩如泰山。二個男人只能扭著身子，盡量避免話題轉向自己。

店員來了，給大阪燒淋上醬汁和美乃滋。她用熟練的手勢把大阪燒分成四等分，迅速裝到信好和紗弓的盤子裡。

吃第二片時，百合忽然悠悠咕噥：「真是好時光。」紗弓比任何人搶先接腔稱是。女人們似乎已有安心的倚仗。

「高齡母親和獨生女的無聊日常，其實也沒有想像中那麼乏善可陳喔。」

輕快的聲音和使用過去式的說法，讓人感到大村百合和母親的關係並沒有那麼乾扁無情。我想你應該聽岡田先生說過——她又說。

「我媽想不起自己的年齡，出門就回不了家，以驚人的快速倒退回昔日與我父親共處的時候。就像是下班回家似的，回到她本人印象最鮮明的那段時光。」

她說，母親會驀然在瞬間露出大夢初醒的神情，訴說「如果我忘了妳怎麼辦」，她毫不遲疑告訴母親忘了也沒關係。

「當我想到不能把我媽的心留在這裡時，我就決定委託外人來照顧她了。我媽漸漸忘記我，那是自然的。這樣彼此肯定都不會難過。」

鐵板上的東西快吃光時，她又叫了兩份炒麵。岡田和信好沒有目光交會，小口啜飲威士忌蘇打。紗弓很少碰酒。照理說她應該很怕應付這種場面，不知幾時竟配合起百合的步調。

「我之所以和岡田先生交往，其實不是想讓他陪我一起替母親送終，而是希望被母親逐漸遺忘的我，有個人在旁守護。同性做不到這點。因為多少會參雜一點憐憫，對彼此都不好。驀然四下回顧時，才發現職場內外雖然都有很多熟人，卻沒有能夠當成異性的對象。」

「那妳為何會選擇相親這種方式呢？」

問話的紗弓從椅背直起上半身。

「我沒時間等待彼此慢慢認識了。其實用一段時間互相將對方培養成理想對象是最好的，可惜我發現我已經沒時間耗在那上面了。過去我一直全心投入工作，而且我覺得這個年紀應該也有資格堅持自我主張，所以明知有點奢求還是委託上司『給我介紹一個已經培養得很健全的男性』。」

這樣的對話或許已出現過多次，只見旁邊的岡田不動如山。四人的聚餐，雖是互相介紹伴侶的機會，同時也是在測試男人的度量。

「我對她而言就等於是速食調理包。」

即使岡田這樣揶揄，百合依然一笑置之。顯然是娘子軍的勝利。

九月底，大村百合的母親住進病房。就在被醫生宣告肺部已整片發白的數日後某個早晨。岡田對來上班的信好說：

「今早她安靜地過世了。所謂的接引使者，或許是往生者打從心底期盼的人出現。當時我覺得病房有種陌生的整髮劑味道，百合說那是她爸爸身上的味道。我決定今明兩天都待在她那邊。備用鑰匙交給你，拜託你幫我關門。」

信好詢問喪儀日程，岡田說他和百合二人會自行解決。

「她真的是孑然一身。昨天我接到病危通知趕去病房，結果除了我沒別人。她好像連個通知的對象都沒有。」

岡田把愛用的稿紙和資料放進公事包，說這樣「帶著至少安心」，抱著喪服就走出家門。早晨吹來的已是秋風，天空蔚藍得令人驚愕。在玄關口目送岡田離去，信好回到工作室。他期待岡田替百合的母親送終後，接下來會寫出什麼樣的稿子。

不只是岡田，在信好內心，理想的女人似乎也不斷變換模樣。紗弓也是，剛認識時那種空靈的氣質已經銷聲匿跡，最近得到百合這個人生導師後越發變得強悍。

昨天，他收到通知，投稿的劇本已進入最終決選。那是電視公司主辦的挖掘新人活動。他掩藏喜悅告訴紗弓時，紗弓並沒有他期待的那麼興奮。或許她早已先信好一步將重心移往現實了。

——除了高齡母親和獨生子之外，沒有其他登場人物？

——還有獨生子的妻子。

——這個妻子，是什麼樣的人？

——個性率直，哭點很低。另外，也愛吃醋。

——夫妻倆有孩子嗎？

——沒有。

他四下環視岡田的工作室。桌面整理得乾乾淨淨。

先把用了一個夏天的電風扇的扇葉拆下，噴上洗潔劑，仔細擦拭零件的污垢。再按照原樣裝回去，收進儲藏室。少了電扇後，電扇原先占據的空間和風吹去的前方豁然開朗。下次取出時，想必二人的狀況已改變。

這天，信好拿吸塵器把地板每個角落仔細打掃乾淨，打蠟，清除煙囪的灰塵，刷洗廚房。這樣一來，年底大掃除時就不用慌張。感覺好像前不久還在抱怨好熱好熱，可是再過三個月又是年底了。

驀然間，他想起母親阿照。母親過世已經快兩年了嗎？這麼一想，鼻腔深處就開始發酸。

——事到如今還感傷什麼啊。

亮晶晶的地板，倏然落下一滴眼淚。

和阿照最後一起去吃的鰻魚，被老年痴呆的母親問起他與紗弓的邂逅經過，態度疏離冷漠地陪母親去醫院門診，每次回老家感到的焦躁……全都一口氣湧現。

正因為事到如今，才會這樣乾脆地落淚。正因為一切都已太遲，才能夠安心回想。逝去的時間已長久得足以用淚水洗去今日。

他的腦海，浮現那個夏夜抓起蟋蟀移往樹叢的紗弓。一個女孩子獨自蹲在超市門口。當她站起來時，信好問她在幹嘛，她回答「放生蟋蟀」。因為踩到的人和被踩的蟋蟀想必都不願那樣——她說的話和笑容，當下的時機和心情……如果硬要舉出被吸引的理由，其實全都是馬後炮。

當她把看得到的蟋蟀全數移到樹叢後，自己不是還對她說「妳是個好人」嗎？

他很慶幸能夠將自己與紗弓的邂逅告訴某人。更慶幸那個對象是過世前夕的母親。大村百合的母親，是否知道女兒和岡田的邂逅經過呢？現實，總是還活著的人必須接收的包袱。

傍晚，岡田打來簡短的電話。只是確認門窗是否關好，以及指示明天要查閱的資料。信好忍不住問起百合的情況。

「她很厲害，是個堅強的人。」

信好忽然想問岡田，是否曾在無意識中把百合視為理想對象。但他察覺憂鬱的感情只是想要一個淺顯易懂的答案，隨即作罷。

他又想起放生蟋蟀的女人那潔白的指尖。有紗弓在身旁時，自己好像就可以不用面對真正的悲傷。只要二人在一起，即便母親的死也能成為流逝的風景。

他把手機放進口袋。

安靜的工作室一角，傳來蟋蟀的振翅聲。

幸福論

候診室的窗外有快速電車經過。只見平交道柵欄緩緩舉起雙臂。在距離最近的車站徒步只需三分鐘的「濱口內科」找到工作後，早晚時間都從容多了。過去用於通勤的往返兩小時，現在能夠完全用在自己身上，對紗弓而言是一種奢侈。

十一月到了尾聲，發布了流感可能大流行的預測，來醫院接種疫苗的人也變多了。今天也是一早就堆滿問診單。

——泉女士，泉瀧女士。請到診療室。

下一位病人正是鄰居老太太。在住家附近的內科醫院上班，想必難免也會遇上這種情形。紗弓按住門，讓阿瀧進診療室。

抬頭挺胸只有脖子歪著仰望紗弓的老太太，眼中流露詫異，頓時駐足。紗弓回以微笑。這種時候她沒辦法面無表情地應付。

「醫生，好久不見。」

阿瀧在診療椅坐下後，院長濱口說，「後來身體還好嗎？」雖然有病歷表，但紗弓上班的這五個月不記得阿瀧來過。泉瀧露出從容不迫的笑容簡短回答：

「也沒啥好不好的。」
「後來妳應該做過檢查吧。」
「社區自治會的老人體檢一切正常。」
「那是什麼時候做的?」
「去年或前年吧。」
「上次妳來看感冒時我說的話妳不記得了?」
向來溫和的院長,眉間擠出深刻的皺紋。相較之下阿瀧卻一臉淡定。二人在刻劃的皺紋縫隙間,似乎各自夾著不滿。
「附近就有設備更齊全的大醫院,我不是勸妳再去做一次詳細的胸腔檢查嗎?」
「反正我現在並沒有感覺哪裡不自在。過了四十歲時,想到至少已經比父母活得久,我就很安心了。到了這把年紀如果什麼毛病都沒出現,想到今後日子還長,反而會心煩呢。覺得可能有點毛病的感覺恰恰好。這樣每天都能更珍惜地好好活著。」

院長一邊檢查流感預防接種的問診單，嘀咕著「真是拿妳沒轍」。院長一說要聽胸音，阿瀧就掀起厚毛衣。掀到胸部以上的毛衣內，穿了好幾件衛生衣。院長把聽診器按在她身上，檢查喉嚨和胸腔的狀況，最後簡短說，「今天妳還是別打疫苗了。」

「為什麼？醫生，萬一得了流感不是會死嗎？」

「妳先去大醫院做檢查再說。」

阿瀧不掩一臉不悅，氣呼呼地碎碎怨嘆「我就不該來的」。最後敷衍地說著謝謝走出診療室。她離開後，院長轉動脖子。紗弓去叫下一位病人時，候診室已經不見阿瀧的人影。

紗弓再次見到阿瀧，是在流感疫苗事件三天後的週末。她正在超市角落猶豫要不要買香味撲鼻的烤地瓜，背後忽然傳來一聲「妳就買吧」。

「既然猶豫，那就買吧。我看妳打從剛才就一直和烤地瓜大眼瞪小眼，小心再猶豫下去就賣光囉。」

「味道太香了，一時忍不住。」

「這種東西，本來就是被香味吸引才會買。既然覺得好像很好吃那就買。」

老太太斬釘截鐵的言詞之強勢，令紗弓深有同感地點頭，一邊把購物籃中的蔬菜和雞蛋、納豆靠邊騰出位子放烤地瓜的袋子。阿瀧也拿了一個烤地瓜放進籃子。

「看到別人買，自己好像也饞了。」皺紋往上扯的臉頰留有異樣的淘氣。

紗弓在相鄰的收銀台結帳完畢，將採買的東西塞進環保購物袋。背後是背包，右手提購物袋，左手拿著猶有餘溫的烤地瓜袋子，阿瀧頓時在旁邊笑出來。

「哎喲，妳簡直像以前見過的親戚大嬸。」

薄羽絨連帽外套和直筒牛仔褲的確離流行很遙遠。阿瀧咯咯笑著催促紗弓走出超市。紗弓和阿瀧並肩在冬日的天空下邁步。她錯失了去隔壁的藥妝店買保險套的機會。

沿路殘留的綠樹，已經彎腰駝背準備迎接隨時會下的大雪。整個夏天傲然昂首的樹木，有些樹幹包裹了草蓆禦寒也有些沒有包裹。低矮住宅區連綿的街頭，每逢週末交通量就會大增。阿瀧的腳步完全看不出對健康抱著不安，大步走在紗弓身旁。她的健步如飛幾乎讓紗弓追不上。等紅綠燈時，驀然想起院長的嘆氣。

「要預防流感雖然可以接種疫苗，但常漱口勤洗手，最重要的是盡量避免去人多的地方，我想這樣在某種程度上也能預防。」

「噢，雜誌上好像也有這麼寫。叫人用茶水漱口或沖洗鼻子什麼的，每年花樣都不同，那個就不能想辦法統一一下嗎？」

「談到預防之道，有興趣樂於接受也很重要。」

信號從紅燈轉為綠燈。朝斑馬線邁出一步，阿瀧嘀咕，「這年頭，都是三分鐘熱度。」

「今天妳家信好到哪去了？」

「他好像臨時有工作，所以假日加班。」

阿瀧回了一句真勤快啊，之後默默走了十公尺，湊近窺視紗弓的臉。

「我老伴今天也去圍棋會所了，難得有這機會，不如咱們一起吃烤地瓜吧？正好我家還有黃蘿蔔乾想試試味道。」

紗弓身不由己被阿瀧牽著走。基於工作關係，她經常被老人依賴，但她一直努力不過度涉入對方生活。當事人自己往往也沒察覺，親切的背後其實暗藏對健康的不安。

把買的菜塞進冰箱後，紗弓拿著一條一百九十圓的烤地瓜去隔壁的泉家。地瓜早就冷了。只拿自己吃的東西過去也不好意思，於是又拿了兩個別人給的溫泉名產豆沙餅。

走出玄關五步之外就是泉家。她從未聽信好提過和鄰居的多年交情或往事。即便同時想起過世的婆婆和阿瀧，也難以想像二人會感情融洽地一起喝茶。想到婆婆的難搞，她不認為這二人會合得來。她按下已經徹底褪色的門鈴。阿瀧立刻出來，穿著和她去醫院時一樣的毛衣和毛毯似的裹身裙。

「歡迎，快進來快進來。」

雖然對阿瀧的熱情歡迎有點無措，她還是脫下球鞋併攏。站在長寬不到二公尺的脫鞋口要進屋時，在鞋櫃上發現不可思議的擺飾。老夫婦的喜好令人有點納悶，因為那是設計相當誇張的貓咪擺飾。頭很大，肚子圓滾滾，尾巴短小。不知怎地肚臍畫了一個X。看了半天才猜到那應該是貓。察覺紗弓的注視，阿瀧喜孜孜地指著擺飾。

「那是小亮養的貓直美。只有在粉絲後援會限定販售，是可以招來幸福的招福貓。這是根據小亮親筆畫作製成的喔。」

小亮和叫做直美的貓咪都讓紗弓一頭霧水。對方講得那麼有自信，讓她連疑問都不敢說出口。阿瀧揮手說，天氣冷快進屋吧。一腳踏入泉家的起居室，牆上掛滿月曆和商品海報、週刊雜誌剪下的圖片及CD封面。紗弓的呼吸和雙腳同時停止，看著從牆上拋來滿面笑容的青年。

「那就是小亮喔。」

青年光滑的臉蛋有點眼熟。是演唱傳統歌謠的歌手澤田亮。紗弓曾聽說此人受到年長女性的熱烈支持，卻沒想到粉絲後援會連他養的貓做成的擺飾都有賣。

看著牆上琳琅滿目全是澤田亮廣告代言的發泡酒和喉糖、觀光海報，紗弓有點坐立不安。每雙眼睛都在盯著自己。唯有靠牆放置的暖氣勉強撫慰紗弓。

「圍棋會所就在這附近嗎？」

阿瀧搖頭。她說得去札幌。

「老頭子和他以前工作時的朋友到現在都還能見面，是個健康老人。肯定是因為頭腦靈活吧。」

「健康老人」這種字眼，應該用來形容阿瀧才對。習慣青年歌手從牆上投來的注視後，阿瀧開始播放澤田亮的歌曲。高亢的嗓音收放自如，即便飆高音也毫不勉強，聽來很舒服。這個受到中老年女粉絲在物質及精神雙方面支持的歌手，據說剛滿三十歲。

喝著香氣馥郁的綠茶。阿瀧描述澤田亮的成功故事，聽來就像什麼長篇小說的情節。她把掰成一口大小的烤地瓜放進嘴裡。令人懷念的香甜滋味瀰漫口腔。

「所以，雖然小亮從十幾歲就一再自殺未遂做了很多不孝的行為，但有一天，收音機播出古老的歌曲，那首曲子改變了他的命運。」

紗弓看著阿瀧指向小型喇叭的食指。千秋直美的暢銷金曲，被年輕的歌手翻唱。難怪他養的貓叫做直美啊，她差點用力拍膝。如果得知北方的古老民宅客廳呈現這種狀態，「小亮」不知會做何感想。

「當他說要當歌手時，據說他父母最高興的，就是他找到了活下去的希望。所以對他和他的父母而言，歌曲都代表生命喔。」

被阿瀧瞪著清澈的雙眸這麼一說，紗弓只能乖乖點頭。

短短幾公尺外就是自己的家，牆上的剪報和海報，老太婆不可思議的自來熟，在在都讓她感到彷彿是夢想打造的空間。就算對話開始時提及婆婆，她也沒有心神動搖。婆婆過世已有二年多，如今已成了在記憶彼岸微笑的人。帶著哀惋送走每一天的心情也逐漸淡薄。這表示和信好結縭，已經過了很長一段時間了。

聽了兩小時的澤田亮唱歌，也了解了此人的出身來歷。阿瀧的開心敘述幾乎沒停過。

「今天謝謝妳陪我聊天，改天有空再來玩。」

臨走時阿瀧拿了一條黃蘿蔔乾放進塑膠袋，又把她聲稱多買的澤田亮ＣＤ塞給紗弓。

「聽完不用還給我。就當作是敦親睦鄰。」

她來這裡並非醫院病房的工作。老人找的藉口之淺顯易懂，以及日常懷抱的孤獨，整面牆的微笑，在在都是從今天流向明日的風。

紗弓走出玄關，再次審視門鈴上方的泉家門牌。泉長壽郎，瀧——旁邊有個名字被麥克筆塗黑。

信好回家後，她拿拔絲地瓜和黃蘿蔔乾代替下酒菜。丈夫的頭髮與肩頭都散發冬天的氣息。

結果信好的劇本沒得獎，稿子修改兩次後，交給電視公司的製作人。對方說雖然內容平實卻很合乎活動企劃因此今後也打算推薦——信好報告落選的同時也不得不抱著可笑的希望，之後他們沒有再提起劇本。

把拔絲地瓜的來源告訴信好後，信好的眼角擠出溫柔的魚尾紋。丈夫笑出來的皺紋向上，這讓紗弓有點莫名的開心。

「那個泉家，太太好像更有活力。」

「老先生好像常去札幌的圍棋會所。」

健康老人——這個字眼掠過腦海。圍棋會所啊……信好嘀咕。

「有時會在同一班電車看到他。早上和傍晚都會。」

「那他的棋癮還挺大的。」

「如果目光對上了，有時也會互相點頭打個招呼。原來他是去圍棋會所啊。」

青江菜和炒蛋用麻油稍微拌一下。納豆加入大量蔥花，用糖和醬油調成鹹鹹甜甜的口味。晚飯冒出的蒸騰煙氣，帶著那天懷抱的不安與疑問一同升向天花板。

泉瀧好像是澤田亮的粉絲喔——她這麼一說，信好面露驚詫。

「這倒是意外。那個鄰居老太太，從我小時候就是附近人人害怕的母老虎。以前公園還沒有整頓得這麼完善時，暑假做廣播體操態度不好的傢伙全都挨了那位老太太的鐵拳。她現在居然會追著歌手跑，真的假的啊。」

鄰居的素顏若隱若現。紗弓被噴香的麻油味吸引，在餐桌前轉述阿瀧描述的澤田亮的出道故事。

講到是一首歌讓他訣別十幾歲的狂飆歲月時，信好原本聽得一臉稀奇的表情忽然一沉。

「大嬸說那個歌手，曾經一再自殺？」

「嗯，關於澤田亮成為歌手的經過，她講得非常熱切。」

信好沉吟著游移視線。

「有這麼值得意外嗎？」

「如果知道鄰居家現在變成那樣，我想死去的老媽肯定也會嚇一跳。」

當晚，飯後信好一邊擦拭紗弓洗淨的餐具，冷不防說：

「泉家大嬸，沒有跟妳提過她女兒的事吧。」

一問之下，原來泉家有個比信好大三歲的獨生女。

「那時我上小學，所以對方應該是中學生吧。總之經常有救護車來她家。」

據說泉家的獨生女本是夫妻精心栽培的溫室花朵，上了中學後卻開始叛逆。

「泉大叔上班，大嬸打理家務帶小孩，就是很普通的家庭。」

信好說有一次，他放學回來發現家門前散落滿地玻璃渣和碎瓷片，當下大吃一驚。

「好像是她女兒從二樓窗口對著馬路砸下來的。大嬸走出來，拿掃帚和畚箕把破碎的餐具掃到一塊。她頭也不抬，每次她女兒砸了幾個，她就出來掃一次。她沒有怒吼，也沒有哭，就只是反覆那樣掃地。」

光是用想像的，那一幕就讓人心口悶得喘不過氣。泉家的廚房在一樓的南邊。特地從那裡把餐具搬到二樓從窗口扔出去的少女，狂亂的心靈又是怎麼回事呢？

「大嬸自從女兒變成這樣後，就再也沒吼過附近的小孩。周遭的居民變成懷著另一種恐懼旁觀她家。」

泉家在左鄰右舍的視線中，安靜地繼續與叛逆鬧事的女兒格鬥。女兒總是用自殺未遂給鬧事畫上句點。她一再讓自己受到不會致命的傷害，同時也在不斷試探大人們的底線，探尋自己是否正常。她割腕，服下一整瓶感冒藥，趁母親不在時開瓦斯——每次都不成功，或者，是她刻意不去成功。

紗弓想像家門前三天兩頭有救護車駛來的生活，不禁戰慄。她不懂，做父母的人，究竟有什麼罪過必須天天過那種日子。仔細想想，自己也是獨生女。想到父母只覺得責任沉重，就獨生子女這點而言，信好和自己，等於都坐在無法更換的指定席。

「我記得我十五、六歲時也曾覺得好痛苦，彷彿找不到出口，但我沒想過要自殺。」

信好問她是為了什麼事痛苦。她沒說是失戀，只是聳肩一笑帶過。紗弓的腦海，閃過今天看到的泉家門牌。

「她女兒現在不知怎樣了。」

「誰曉得。曾幾何時就再也沒聽到救護車的警笛聲了。雖然想不起來明確的時間點，但我記得我中學畢業時，隔壁的女兒好像就已不住在家裡了。」

幾乎和鄰家毫無交流地過了幾十年光陰。泉家的門牌在紗弓的眼底浮現又消失。

無論女兒是生是死，父母的罪過都不會消失。沒處理好親子關係的轉機——這樣的責難，究竟在哪能夠淡去？想起泉瀧輕快的毒舌，她忽然有點害怕有孩子。

「我有點擔心鄰居的身體。」

「妳是說大叔還是大嬸？」

「大嬸。」

紗弓略帶遲疑地說出阿瀧來醫院做流感預防接種時的事。信好說的話，總是能讓紗弓放輕鬆。

「三不五時問她一下就行了。也不要太嘮叨。我老媽常說隔壁鄰居養小孩很失敗，但她自己好像也半斤八兩。況且養小孩有成功或失敗可言嗎？」

無論在洗碗盤，洗澡，或是鑽進被窩閉上眼，信好說的話依然縈繞腦海。想要繼續這樣二人廝守固然是真心話，但將來想生小孩也是真實無偽的心情。當她懷念過去光是生活就忙不過來的時光時，女人的年齡又匆匆帶來其他的不安。想生小孩的「將來」不可能放在那麼遙遠的位置。

進入十二月，開始流行發燒腹痛的感冒。紗弓也仔細地再三洗手漱口。或許是害怕在候診室被傳染，症狀輕微的病人反而不來醫院了。一早就忙著應付重症病人，全體工作人員都戴上口罩。

這天在診療時間即將結束時出現的是泉瀧。她穿著長羽絨大衣。肩頭有點濕。

「拐過前面那個轉角就開始下雪了。氣象預報說明天也會下雪，看來這次應該會積雪。」

她的心情似乎比上次來的時候好。在診療椅坐下後，阿瀧語帶從容說：

「我去市立醫院檢查過了。也檢查了貧血和心律不整，人家說我可以接種疫苗。」

她從皮包取出檢查單，帶著自信十足的笑容打開給院長看。院長默默接過檢查單，確認之後嘆了一口氣。

「妳既然去了大醫院，直接在那邊接種不就好了。」

「因為我想親口告訴醫生我沒事。」

院長說「這樣啊」點點頭指示紗弓準備打疫苗。把診療室的對話聽得一清二楚的處置室這邊，已經開始準備了。

領了治療肩膀痠痛的中藥處方，阿瀧帶著滿面笑容離開診療室。她誇耀勝利的模樣和院長沒好氣的表情，讓醫院瀰漫的疲憊感暫時放鬆了。接觸到社區醫生和病人釀出的氛圍，讓她漸漸覺得改到這裡上班是非常明智之舉。

下班後，她急忙換衣服離開醫院，正好與從藥局出來的阿瀧碰上。低矮的天空開始零星飄落雪花。天空積滿接下來將飄落的雪花，雖已入夜卻格外明亮。

「這下子正好。我本來還打算待會要去妳家呢。」

「有什麼事情嗎？」

「後天晚上五點之後，不知妳有沒有空。」

週六的工作只到中午，晚上倒是沒什麼特別計畫。她想不出該說什麼來敷衍，當下就照實說了。阿瀧的聲音雀躍。

「太好了。那天晚上有小亮的晚餐秀。我家老頭子說懶得去。枉費我好不容易抽中兩張票，不去太可惜了。」

她說澤田亮要在札幌的飯店舉辦晚餐秀。前幾天她送的ＣＤ連包裝都還沒拆，紗弓怕被她問起會很尷尬。

「難得人家小亮要繞著每張桌子近距離唱歌，萬一我得了流感，那不就傳染給小亮了嗎？幸好我已經打了疫苗。居然說我心臟有毛病，你們院長從以前就喜歡誇大其詞！」

疫苗其實還要幾天時間才會開始發揮效用。在阿瀧的直視下，膽怯的紗弓錯過了拒絕的機會。

「該穿什麼去才好呢？我還是頭一次參加晚餐秀。」

「普通打扮就夠了。穿毛衣就行。」

雖然被信好嘲笑，她還是決定穿藏青色連身裙。圍上從母親那拿到後一直塞在衣櫃的絲巾，勉強掩飾跟不上流行的自己。至於腳下，已經是下雪的季節，所以她決定穿長靴，好歹還算是有模有樣。

被阿瀧帶到飯店會場，會場擠滿打扮得珠光寶氣的年長女粉絲，熱氣幾乎嗆人。

綴金絲的洋裝和大耳環、戒指、項鍊——簡直是另一個世界的生物。之後開始的歌謠秀進行到中場，紗弓目睹不可思議的魔幻光景。老女人抓著大明星伸出的手死不肯放，當他想移到下一桌時，還有粉絲緊巴在他背後。只見他一邊靈活閃躲她們的魔爪，一邊繼續歌唱。

歌手在唱歌的空檔訴說的身世和抱負，和前幾天阿瀧講的幾乎完全一樣，但是除夕夜即將登上紅白歌唱大賽表演的意氣風發，讓會場陷入狂熱的慶祝氛圍。澤田亮身上，有種拿著麥克風笑談明日的亮麗風華。

多虧市外的滑雪場接收了大部分的雪雲，札幌市中心的雪並不多。出了會場鑽進計程車後，紗弓向阿瀧道謝。

「這種活動很有意思吧？」

她正在考慮該怎麼回答時，阿瀧在夜晚的燈光下把柔和的笑臉轉向她。

「像這種演唱會和晚餐秀，每次去都能看到爆笑的情景。我猜在場者大概都把什麼包袱留在家裡，放飛了自我吧。一大把年紀的老太婆，居然有這麼多人瘋狂搶著喊小亮小亮。有時我一邊暗想她們到底都怎麼了，驀然回神才發現自己也在揮舞扇子。那種情景還滿好玩的。我從沒想過自己也能被容許這樣，所以自己都覺得好笑。大家互相笑著，同時好像也互相諒解了什麼。」

阿瀧自己笑了一會後，臉色一正呢喃，「讓人吃醋也不錯喔。」

「吃醋？」

「我家老頭子臨時說不來，不過是在吃醋。因為我每天小亮長小亮短的，所以他心裡泛酸呢。這些年經歷過種種，已經到了隨時死掉也不奇怪的年紀，我沒想到居然還能讓自己的老公吃醋。到了這把年紀，就算看到老公的臭臉時也覺得有意思。感覺好像已經和老頭子兩人一起生活很久很久了。」

被問起信好和紗弓之間是誰吃誰的醋，她吞吞吐吐。阿瀧笑了。

「年紀大了之後，任何爭執都能變成一種娛樂。」

他們並肩在札幌車站的八號月台等電車。二個女人並排站在隊伍前頭。紗弓被那句「吃醋」揪著心，同時聽見緊挨在二人身後的那段對話。

似乎是身高差不多的一對母女。母親穿著羽絨外套和靴子，女兒的短裙底下光著腿。連雞皮疙瘩都沒起的遲鈍，讓旁觀者都看得身體發冷。好好的青春肌膚，偏要刷油漆似地塗上濃妝。做母親的看起來和紗弓年齡差不多，但服裝和零星的白髮卻已流露被生活所逼的疲憊。女兒用黏糊糊的口吻含恨說。

——剛才那條裙子，還是應該買下來才對。

——壓歲錢哪有先預支的，別作夢了。

——我朋友說大家都這樣做。人家新年拜拜想穿新裙子去嘛。小氣鬼。

母親正眼也不瞧，長嘆一口氣。女兒也不甘示弱吐出濃濃的白煙。母女倆不知是已經習慣說話被人聽見還是對周遭的注視不感興趣。阿瀧的表情絲毫不變，埋在皺紋裡的小眼睛筆直朝鐵軌望去。

電車駛入月台。廣播大聲響起。阿瀧趁著喧囂，湊近紗弓的耳邊說，

「很幸福呢。」

一瞬間，紗弓不知她在指什麼，遂用眼神詢問。

「我想，那對母女和我們都是幸福的。」

來自小樽方面的乘客大部分都在這站下車了，紗弓幸運地找到博愛座和普通

座比鄰的兩個位子。這樣阿瀧和自己都能理直氣壯地坐下。

開往終點站江別的電車，原本爆滿的乘客大約在三十分鐘內就少了三成。在月台上鬥嘴的那對母女，不知幾時也從視野消失了。紗弓這才發現自己的靴子前端褪色發白。老婦人們華貴的裝扮，似乎是驚鴻一瞥的夢幻世界，能夠現場欣賞專業歌手的歌唱實力也是個令人雀躍的體驗。泉瀧一路不停的嘀嘀咕咕，也融入了紗弓的「現在」。

「走走走，趁著現在沒風，我們走路回家吧。盡可能慢吞吞地走回那個有醋罈子老頭等待的家。」

沿著已被踩出一人寬的雪道，紗弓緊追著走路比她還矯健的老太太瘦小的背影。

經過車站月台的特快車聲音遠去後，鐵軌旁的道路悄然無聲。紗弓默默對著那瘦小的背影詢問幸福的意義。

——無論什麼爭執都能當成娛樂的「現在」，究竟是怎樣？

父親與母親，從一人變成二人，之後歷經三人生活又再次變成二人行。婆婆阿照就算只剩一個人，也繼續假裝二人生活。至於岡田與百合，在強烈意識到一個人的同時，也二人攜手生活。

而信好和自己——

相識至今，信好永遠是紗弓的「答案」。不就是因為一個人無法順利走下去，所以才變成二個人嗎？

她沒問過信好想不想要孩子。雖然都是自己負責買保險套，但這樣真的好嗎？沉默地準備保險套是否被丈夫視為拒絕懷孕的暗示？察覺自己沒有勇氣去看當自己問出這個問題時對方的表情，紗弓的腳步變得凝重。

細雪開始紛紛飄落。這是個心靈恐怕也將積雪的夜。

走到家門前，紗弓問阿瀧：

「我也是幸福的嗎？」

「那當然，不管怎麼看都是萬無一失的幸福。」

彷彿一直在等紗弓的問題，阿瀧回以燦爛笑容。幾乎被皺紋掩埋的眼眸映著白雪，阿瀧用了「萬無一失的幸福」這種字眼。紗弓一時之間不知該如何反應。

阿瀧大大挑起嘴角微笑。

「妳等我一下。」

她鑽進自家玄關，隨即又回到紗弓面前。

「這個送給妳。這是可以招來更多幸福的招福貓。」

阿瀧讓紗弓握住「直美」，說聲「晚安」，展顏一笑。

紗弓的手上，有肚臍的招福貓開始溶化冰雪——

附錄

每日相遇，每日別離

櫻木紫乃

《愛的荒蕪地帶》（*LOVELESS*）出版文庫本時（二〇一三年十二月），我去書店打招呼。那天是搭乘山手線電車去。車上只有一個空位，當時《小說新潮》的責任編輯讓我坐。我說聲「不好意思」一坐下，她的肚子正好杵在我眼睛的高度。我確認她戴著結婚戒指後，心想「這是懷孕了啊」。應該讓她坐才對。我慌忙把手靠近她隆起的肚子，以眼神詢問「妳該不會是……」她冷靜地只說了一句話。「這是肥肉。」迄今我仍記得，當時一起搭車的兩位男編輯默默望向別處。

下了電車，走在地下道時，我說，「我寫。不管怎樣我都替妳寫。」我只能想出這句話為自己的失言賠罪。過了一陣子她主動提議，不如用「背叛」當作主題。我費了一點時間才萌生「我能寫！」的確信。但當我想到包括沉默在內，應該也有不是為了自身利益卻不斷撒小謊的關係存在時，我決定文中人物「就設定為夫婦吧」。

後來她調動職位（換過幾個部門後，現在負責《二人生活》的業務行銷），新來的年輕男編輯成為我的責編。他（在《小說新潮》刊載〈二人故事〉的期間已結婚，目前正享受二人生活！）對我說，期待「夫婦」的故事！就這樣約定三個月交一篇短篇。

當時我想練習寫每篇僅限一千二百字的短篇。獲得新人獎（二〇〇二年）後，我每週交給《ALL讀物》的責編一篇一千二百字的短篇。《砂上》（二〇一七年九月出版）中曾被我借鑒寫成文中編輯台詞的某人告誡我，「櫻木小姐，妳知道現在日本全國有幾個作家能寫一千二百字的短篇小說嗎？」自從被那人批評「妳根本不知道以這個字數寫短篇有多麼困難」後，「總有一天要寫出一千二百字也能成立的短篇」就成了我的目標。在寫這本書的過程中，我希望以〈蟋蟀〉

為首，以〈幸福論〉結束的這十篇小說，每一篇都能當成獨立的短篇小說來閱讀。

重讀樣稿，我感到在這本書、這二人身上都有明確的時間流逝。也很慶幸能夠用二年多的時間慢慢筆耕。平均一篇有三個月時間，因此能夠和每次作為敘事者的二人（失業的電影放映師信好和護理師紗弓）保持恰到好處的距離。

這個書名，是我漫不經心看電視時忽然想到的。驀然回神才發現，除了信好和紗弓，故事中也出現了他們的父母或住在老家隔壁的老夫妻等等，有的登場人物正過著二人生活，也有人渴望與人同住，或者曾經有過二人生活。這或許和我自己的小孩已長大獨立，實際上也開始過著二人生活不無影響。

價值觀因人而異，無論是一人或二人，其實我覺得只要選擇自己能夠妥協接受的生活就好。結婚或離別都要看時機和緣分，誰也說不準將來會怎樣。隨著年齡漸長我的想法是，不只是夫婦，人與人的關係，或許就像塗抹層層水藍色的水彩畫。相遇時固然有天雷勾動地火的時候，但彼此都是意志薄弱的凡人，瞬間的熱情難以天長地久。之所以能與同一個人維持多年關係，或許藉由小小的更新讓心情不至於每天大幅變化也很重要吧。於是在製作故事大綱前，我告訴責編，「能否讓我寫出彷彿層層塗抹水藍色的小說？」責編看完書中第一篇的〈蟋蟀〉後，脫口冒出「所謂夫婦，不知是甚麼時候開始成為夫婦」這句名言。這句話成了我的重要養分。書名之所以沒有偏重「婚姻」，或許也是拜這句話所賜。那讓我覺得，夫婦，只要慢慢花時間成為夫婦就行了。

寫完約定的十篇後，我再次深思何謂夫婦。我自己，好像也如《二人生活》的信好和紗弓一樣，每天邂逅同樣的人，每天分離，就這樣走到現在。當然不可能天天如膠似漆，想必也有不愉快的日子，幸好身邊還有天天改變樣子的小孩或小說陪伴。儘管現在和丈夫在一起，還是會覺得他是一再相識又一再分手的人。也覺得層層塗抹的淺藍色似乎顏色已變得很深。這段婚姻如今邁入第三十年，但我開始認為，明日邂逅的丈夫或許會是我不認識的男人。人際關係隨著時間久了往往變得曖昧不明。我無法只憑一張紙就以為瞭解了一個人。想必信好與紗弓，在這本書結束後的時間，也會繼續思考彼此的關係。可能要耗費幾十年才會想通吵架或煩惱的理由。想通的時候彼此或許都已白髮蒼蒼或渾身疼痛，但我覺得那也是二人的一種終點喔。

這次就用《二人生活》，來吵一場有理由的架吧。雖然小小的爭端每次都會變換面貌出現，但根源只有一個，不如愉快地去解謎吧。夫婦真是一種充滿謎團的關係呢——。

（原文刊載於《波》二〇一八年八月號。繁中版獲得日方授權收錄於本書。）

二人生活

藍小說 300

作　者—櫻木紫乃
譯　者—劉子倩
編　輯—張瑋庭
美術設計—蔡南昇
內頁排版—極翔企業有限公司

總 編 輯—嘉世強
董 事 長—趙政岷
出 版 者—時報文化出版企業股份有限公司
108019臺北市和平西路三段二四〇號三樓
發行專線—（〇二）二三〇六六八四二
讀者服務專線—〇八〇〇二三一七〇五・（〇二）二三〇四七一〇三
讀者服務傳真—（〇二）二三〇四六八五八
郵撥—一九三四四七二四時報文化出版公司
信箱—（一〇八九九）臺北華江橋郵局第九九信箱

時報悅讀網—http://www.readingtimes.com.tw
電子郵件信箱—liter@readingtimes.com.tw
法律顧問—理律法律事務所　陳長文律師、李念祖律師
印　刷—紘億印刷有限公司
初版一刷—二〇二一年一月二十九日
初版三刷—二〇二四年五月二十九日
定　價—新臺幣三五〇元
（缺頁或破損的書，請寄回更換）

時報文化出版公司成立於一九七五年，
並於一九九九年股票上櫃公開發行，於二〇〇八年脫離中時集團非屬旺中，
以「尊重智慧與創意的文化事業」為信念。

二人生活 / 櫻木紫乃著；劉子倩譯. – 初版 . – 臺北市：時報文化,
2021.1
面；　公分 . –（藍小說；300）
譯自：ふたりぐらし
ISBN 978-957-13-8592-1

861.57　　110000392

ISBN 978-957-13-8592-1
Printed in Taiwan